J. J. Gutwill

Die allein mögliche Cellular-und Atomen-Therapie

Antigonos

J. J. Gutwill

Die allein mögliche Cellular-und Atomen-Therapie

Unveränderter Nachdruck der Originalausgabe von 1872.

1. Auflage 2024 | ISBN: 978-3-38643-584-0

Antigonos Verlag ist ein Imprint der Outlook Verlagsgesellschaft mbH.

Verlag: Outlook Verlag GmbH, Zeilweg 44, 60439 Frankfurt, Deutschland
Vertretungsberechtigt: E. Roepke, Zeilweg 44, 60439 Frankfurt, Deutschland
Druck: Libri Plureos GmbH, Friedensallee 273, 22763 Hamburg, Deutschland

Die allein mögliche

Cellular- und Atomen-Therapie

als überzeugende

Einführung der Aerzte in das Wesen der Homöopathie.

Von

Dr. J. J. Gutwill.

(Separat-Abdruck aus der „Internationalen Homöopathischen Presse".)

Leipzig,

Verlag von Dr. Willmar Schwabe.

1872.

Einleitung.

Meine Herren Collegen!

Die Waffen ruhen. Eine grosse That hat das deutsche Volk vollbracht. Entschieden hat auf der Wahlstatt die Gerechtigkeit. Und die Wahrheit spricht aus dem Gerichte. Nun aber ruhen die Waffen der Gewalt, und die Geistesarbeit kann in Kunst und Wissenschaft wieder beginnen.

Somit komme ich wohl recht, wenn ich einen Friedenspact auch Ihnen unterbreite.

Ueberblickend schaue ich hin auf das herrschende Curverfahren. Doch wir reden nicht von demselben. Aber in Parteien sehen Sie die Aerzte zerrissen, und den Nichtärzten begegnen Sie als gierigen Eindringlingen. Der Schein des Meisterstücks ist allerdings leicht abzulernen. Die verminderte Sterblichkeit schreibt die Naturforschung sich zu. Gesundheitsmassregeln, entnommen aus den physicalischen Wissenschaften, sind an die Stelle von Heilprincipien getreten. Und der Glaube an die Kraft der Mittel ist — in der Wissenschaft — dem Erlöschen nahe. In der That! Das Heilen durch Arzneien wird nicht mehr gelehrt. Was die Pflege und die Nahrung nicht vermögen und was die Fertigkeit der Hand nicht zu Stande bringt, das mag die Heilung von der Zeit erwarten. Und übel steht's, wie ehemals, so auch heute noch, wenn schwere Störungen den Körper heimsuchen. Dort die Aufzählung verachteter Mittel und deren Anwendung trotz ihrer Geringschätzung. Hier eine beharrliche Schaar mit ihren kleinen Gaben und mit der kühnen Behauptung, mehr Kranke und diese besser zu heilen. Doch tasten wir diesen Streit nicht an. Indess meinem Schmerze werden Sie es verzeihen, wenn ich sage, dass die Zerfahrenheit im Curverfahren nie grösser gewesen sein kann, als jetzt. Es ist, wie in der Religion, und doch existirt auch diese.

Wir Aerzte, meine Herren Collegen, sind es selbst, welche die Gesetze geben sollen der Therapie. Indess wir Aerzte sind Gewerbsleute und müssen das tägliche Brot verdienen. Sogar der höchstgestellteste und bestbesoldetste klinische Lehrer läuft nebenbei dem Gelderwerbe nach. Und das tägliche Verdienen hat uns verwöhnt, und es hat namentlich uns am Forschen geschadet.

Doch trotz alledem ist von unseren Collegen geforscht worden, und das menschliche Denken hat auch in der Heilkunde Thatsachen gefunden, die nur klar erfasst werden dürfen, damit sie uns Wahrheit geben.

Diese Wahrheit lege ich Ihnen, soweit sie bis jetzt gewonnen ist, in den gedrängtesten Umrissen vor. Es existirt ein Feststehendes in dem Gegebenen. Aber der Mensch besitzt dasselbe nur soweit, als er es erobert hat. Unvollendet ist demnach (leider) das, was ich Ihnen vorlege. Aber es sind doch Denkresultate aus Thatsachen. Unfertig ist diese Theorie, aber sie ist doch das Gerüst, auf dessen Pfeilern die Wissenschaft immer weiter ausgebaut werden kann.

Und diese Theorie lege ich Ihnen vor ungeschmückt und ungeschminkt, auch nicht in gelehrtem Gewande und dabei die allbekannten Thatsachen mit Recht voraussetzend. Auch sei es mir erlaubt, die Quellen der wenigen Citate wegzulassen und die Erwähnung von Schriftstellern blos auf eine einzige persönliche Erwähnung zu beschränken. Fern von allen Büchern will ich das bereits gewonnene Resultat Ihnen geben, wie es mir in der Seele liegt. Spricht die Seele frei zur Seele, so kann das Verständniss nicht ausbleiben. Und reden· will ich mit Bescheidenheit. Kein übertriebenes Rühmen soll mir entschlüpfen, kein verletzend Wort soll mir entfahren. Wohl erhebend ist's, wenn der gelungene Heilversuch für eine Wahrheit zeugt. Doch was ich als Arzt gethan, dessen nimmer möcht' ich ob des gebrechlichen Menschenleibes mich rühmen, geschweige hier. Und liegt denn wirklich den Menschen an der Gesundheit so sehr viel? Drum klare Erkenntniss der Natur und des eigenen Wirkens, das Uebrige aber zur Krankenpflege und Menschenpflicht!

I. Theil.

§ 1. Die Moleculartherapie.

Die Organe des Körpers sind das Thätige. Aber die Organe bestehen aus Geweben, die Gewebe aus elementaren Gebilden, und letztere endlich bestehen aus Atomen. Die Atome sind somit das Thätige. Es muss demnach der Ausgang von den Atomen genommen werden, und die Therapie muss eine Atomen-Therapie sein. In der That! Nur auf die Atome wirken wir, wenn wir Krankheiten der Gewebe durch Arzneien heilen, und es giebt nichts Anderes, auf das wir mit chemisch thätigen

Stoffen wirken könnten, wenn wir die Thätigkeit der Gewebe verändern wollen und dies unsere nächste Absicht ist, um einen Heilerfolg zu erlangen.

Nur von Curen solcher Art kann hier geredet werden. Somit sind von dieser Betrachtung hier alles mechanische ärztliche Eingreifen ausgeschlossen, sowie gleichfalls alle chemischen Einwirkungen innerhalb des Körpers, sofern sie nicht eine directe Veränderung der Atomenthätigkeit anstreben.

Aber eine uns selbstbewusste directe Benutzung der Atome zur Erzielung von Heilerfolgen ist nur erst in sehr beschränktem Grade möglich, wie bei den sogenannten Nutritionscuren, also z. B. da, wo wir mangelnde Stoffe, nach Anleitung der Chemie, durch die geeigneten chemischen Bestandtheile ersetzen. In den meisten Fällen vielmehr können wir directe Atomencuren selbstbewusst noch nicht machen, wie z. B. bei der Anwendung der Belladonna, des Kaffee, der Spirituosa etc., und obwohl hier in letzter Instanz der Erfolg auch durch die Atome zu Stande kommt, so müssen wir uns doch hier mit der Auffassung begnügen, dass wir in bewusster Weise durch solche Mittel nur auf die **Zellen** wirken und zwar auf die Zellen, zu welchen diese Mittel eine Beziehung haben.

Es sollte daher zwar nur eine Atomentherapie geben. Aber wir müssen noch neben derselben eine Cellulartherapie aufnehmen.

Wenn wir die kleinsten, durch unsere Mittel erreichten Theile in einem Ausdrucke zusammenfassen, so können wir allerdings von Atomen oder Moleculen und somit von einer Molecular- oder Atomen-Therapie reden. Indess kann ich mir nicht erlauben, einen wahren Gedanken weiter zu verfolgen, um ihn an die Spitze zu stellen, als es auch in brauchbarer Weise geschehen kann. Lassen wir es daher bei einer Atomentherapie als dem eigentlichen Ziele unserer Wissenschaft bewandt sein, und diese Therapie wollen wir im Auge behalten, wenn wir auch nur erst, wie in den meisten Fällen, eine Cellulartherapie üben.

Somit steht die Unvollkommenheit deutlich unserer Wissenschaft aufgedrückt und zwingt uns zur Bescheidenheit.

Die Atomencuren fallen bis jetzt noch ganz mit den Nutritionscuren, und die Zellencuren fallen im Wesentlichen zusammen mit den sogenannten Reizungs- oder Umstimmungs-Curen. — Man wird nun in dem engen Rahmen dieser Blätter keine vollständige Darlegung der Therapie erwarten, und deshalb mir auch gestatten, dass ich die Besprechung beider genannten Curen nicht besonders trenne, sowie dass ich mich über die Cellularcuren am ausführlichsten auslasse, eben weil sie am dunkelsten sind und chemisch noch am wenigsten erleuchtet werden können. Sie sind ja ohnehin die häufigsten. — Für „Zellencuren" können wir auch den Ausdruck „Gewebscuren" gebrauchen.

Zunächst sind jedoch noch einige Erläuterungen zu geben.

Wenn wir durch einen Aderlass ein schädliches, ein vergiftetes Blut hinwegnehmen wollen, so vollziehen wir hiermit keinen der hier gemeinten Eingriffe. Wohl verrichten wir dann eine therapeutische Handlung, und diese muss mit den übrigen, zahlreichen therapeutischen Handlungen wohl klassificirt untergebracht werden. Wenn wir dagegen den Inhalt der Gefässe durch Blutentziehung behufs einer Veränderung dieser Gefässe vermindern, so machen wir eine Zellen-, eine Gefässzellen-, eine Gefässgewebscur. Aber wir greifen hiermit die Gefässmuskeln nicht in solcher Weise direct an, wie wir es mittelst Opium und China thun. Indem wir den Inhalt der Gefässe durch Blutentziehung vermindern, verändern wir den Thätigkeitszustand der, den Gefässinhalt umspannenden Gefässmuskeln, und in Folge dieses Anstosses kann sich das Lumen der Gefässe auch verändern, so dass eine krankhafte Gefässschwellung in eine normale oder normalere Verengerung übergehen kann. Aber das in der Art seiner Thätigkeit uns unbekannte Gefäss kann hierbei leider auch in eine noch stärkere Schwellung an dem Entzündungsherde gerathen, sofern der Blutverlust nicht überwiegend ist, und in allen Fällen kann immerhin das Gefäss in Folge der Blutentziehung sein Lumen zwar verändern, aber ohne dass die krankhafte Reizung der Gefässmuskeln irgend zuverlässig dabei aufhört. Der Blutverlust beeinträchtigt ferner die Ernährung der Gefässmuskeln, und auch in Folge dessen verändert sich die Thätigkeit der Gefässmuskeln, — zum Guten, wie zum Bösen. Und alle diese Folgen haben wir natürlich auch dann, wenn wir durch den Aderlass ein vergiftetes Blut entleeren wollen. Indess die blosse Umstimmung der Gefässthätigkeit war hier überall nicht unser bewusstes directes Ziel.

Wie wir nun auch den Aderlass beurtheilen mögen, so stossen wir zuletzt auf die Zellenatome, und da wir diese hier nicht zu verfolgen im Stande sind, so müssen wir bei den Gefässmuskelzellen selbst im Ganzen stehen bleiben. Liegt nun die Ursache einer Entzündung in einer krankhaften Gefässreizung, so greifen wir mit dem Aderlasse das ursächlich thätige Gewebe zwar an, aber nicht direct. Und liegt die Ursache der Entzündung gar in den Blutzellen oder in der Blutmischung, so richten wir mit dem Aderlasse gar nichts aus. Immer aber gerathen wir zuletzt auf die chemischen Bestandtheile, und soweit wir diese nicht erfassen können, auf die thätigen Zellengebilde.

Wenn wir demnach einen Aderlass machen, so üben wir in den meisten Fällen und zwar indirect eine Gefässmuskelcur aus, und wir ersehen daraus die Nothwendigkeit, die Gefässmuskelzellen, sowie überhaupt in Betreff der Curen die Cellenorgane zu ihrem Ausgangspunkte zu nehmen.

Die Heilgymnastik wirkt direct und indirect auf die Gewebszellen der

kranken Theile und veranlasst die Folgen dieser Berührung. Die Kalt-
wassercur thut desgleichen. Ebenso alle Wärmeentziehung, wie alle
Wärmehinzuführung. Sämmtliche Droguen endlich sind vorzugsweise als
Zellenmittel zu betrachten. Die Chamille, Belladonna, Pulsatilla, Bryonia,
China etc. wirken nämlich als chemische Stoffe auf die Bestandtheile der
Gewebe, und sie berühren somit die Atome. Aber Atomencuren in der
Weise, wie wir sie durch Stoffzersetzung z. B. mittelst der Calcarea
phosph. machen, vermögen wir mit jenen Stoffen in bewusster Weise nicht
zu vollbringen, und wir müssen uns daher begnügen, sie mittelst ihrer
Atomenwirkung an den für sie geeigneten Zellen im Ganzen ihre Wir-
kung ausführen zu lassen.

Es giebt somit Atomen- und es giebt Zellenmittel, und Alles, was
mit veränderter Kraft die thätigen Theile des Körpers angreift, muss
eins von Beiden sein. Aber die Atomenmittel können auch Zellenreizmittel sein, und die Wirkung der letzteren beruht wieder auf ihrer
Atomenberührung. Da nun die Nutritionsmittel sogenannte Atomenmittel
sind, so können auch Nutritionsmittel Zellenreizungsmittel sein. Immer
müssen wir uns auf diese zweifache Wirkung aller Mittel bei der
Berührung der organisirten Theile gefasst halten. Von vielen Mitteln
kennen wir freilich ihre Wirkung auf die Atome oder Zellen nur erst aus
dem Erfolge an Lebenden, und von manchen Mitteln können wir eine
Wirkung auf die Zellen noch gar nicht nachweisen. Somit begegnen wir
abermals bedeutenden Lücken in unserem therapeutischen Wissen, und
ich könnte daher nimmer die Absicht haben, die Kunst des Heilens in un-
gebührendem Maasse zu erheben. Indess darf ich als vollkommen wahr
behaupten, dass die Erfolge dennoch bereits sehr gross sind.

§ 2. Die Cellulartherapie.

Sehen wir von den Nutritionsmitteln ab, durch welche wir mangelnde
Stoffe des Körpers ersetzen und sehen wir gleichfalls ab von allen Curen,
durch welche wir chemische Einwirkungen machen, ohne die Thätigkeit
der Atome und der aus ihnen aufgebauten Gebilde selbst afficiren zu
wollen, wie bei der Wasserentziehung mittelst chemischer Stoffe oder bei
der Eiweissverflüssigung, so besteht bis jetzt alle unsere Therapie, die
auf die thätigen Gewebe gerichtet ist, vorherrschand in künstlichen Einwirkungen auf die Zellengebilde.

Es haben aber die Zellen in den verschiedenen Geweben eine ganz
verschiedene Begabung. Experimentell müssen wir diese kennen lernen,
so dass wir wissen, welche Stoffe auf die einzelnen Arten von Zellen
und wie sie auf dieselben wirken. Die Gefässmuskelzellen sind am
meisten verbreitet und die Einwirkung der Stoffe auf dieselben giebt sich

sehr deutlich kund. Auch wirken in der That unzählige Stoffe auf die Gefässmuskeln. — Die verschiedenen Zellengebilde in einem und demselben Organe sind zu unterscheiden und mithin die Symptome zu sondern, die irgend ein Stoff an den verschiedenen Zellen desselben Organs veranlasst. Eine Erkrankung und eine Cur der Leber kann daher z. B. nur eine Affection und eine Cur der Gefässe in der Leber sein, und ein angebliches Gehirnmittel kann vielleicht nicht einmal auf das Gehirn, sondern nur auf dessen Gefässe wirken. — Auch haben die Zellen derselben Gattung, besonders deutlich bei den Gefässmuskeln, an den verschiedenen Körperstellen eine verschieden geartete Befähigung, und solche verschiedene Reizbarkeit kann auch in einzelnen Bezirken erworben werden und sich fortpflanzen. — Alle diese Erscheinungen können wir erforschen, ohne dieselben bis jetzt auf eine bestimmte Atomveränderung der Zellen zurückführen zu können. Somit liegt eine noch unerschöpfliche Forschungsquelle vor und die Schwierigkeiten häufen sich. Dennoch ist die Cellular- und Atomentherapie bereits ausführbar, und sie wird sogar schon ausgeführt.

Nun aber reden die Männer, die sich in der Wissenschaft mit den Zellen und Atomen beschäftigen, von dieser Zellen- und Atomentherapie nichs bloss nicht, sondern sie mögen sogar von der Gestalt, in welcher diese bereits besteht, nichts wissen. Doch dies verschlägt aus bekannten Gründen gar nichts, und die Autorität ist unter uns abgethan. Beim Abführen kann die Entleerung der alleinige Zweck sein. Wenn aber weitere Folgen angestrebt werden, so können diese nur dadurch entstehen, dass durch das Abführen Veränderungen in den Moleculen der Zellen gewisser Zellengruppen und dadurch in der Thätigkeit dieser Zellen veranlasst werden. Beim Verordnen von Blutegeln ist das Leben der Gefässmuskeln zum Ausgangspuncte zu nehmen. Ueber deren Thätigkeit kann man nicht unbedingt verfügen. Ueberall muss erst die Reizbarkeit der Zelle erkannt, und die Folgen, die in der Thätigkeit der Zellen nach Reizen entstehen, müssen in ihrer Eigenthümlichkeit erforscht werden. Diese Kenntnisse müssen uns leiten. Auf der Atomen- und Zellenthätigkeit beruht die ganze Praxis. Von den Atomen geht Alles aus. Hier aber besteht noch eine grosse Dunkelheit. Wir nehmen daher die Folgen, die an den Zellen entstehen, hinzu, und was uns hier dunkel bleibt, ergänzen wir durch die Kenntniss der Gewebsthätigkeit. Und die Folgen der Folgen müssten wir ja auch kennen, selbst wenn uns die primären Erscheinungen noch so bekannt wären. Das Specifische macht sich übrigens nur erst in den Folgen deutlich. Eine ausschliessliche „Atomentherapie" kann daher noch nicht unser Ziel sein, und wir müssen vielfach noch bei der Zellenthätigkeit als dem Krankmachenden und Heilenden stehen bleiben. Denn Alles, was wirkt, berührt die Thätigkeit der Zellen, wenn auch nur mittelst der in den Atomen derselben veranlassten Veränderung.

Auf das Leben der Zelle wünsche ich daher für die Therapie die volle Aufmerksamkeit zu lenken. Hier gelten nicht die Lehren der Mechanik. Hier hat der, auch sonst unklare Satz, dass Viel auch viel hilft, keine Anwendung. Hier kann man die eigenthümlichen Folgen einer Einwirkung aus keinen anderen Kenntnissen ableiten. Und die Erfahrung muss uns auch hier sagen, wie gross etwa der Anstoss zur Erzielung einer Veränderung der Zellenthätigkeit sein müsse. Die angeregte Zellenthätigkeit ist übrigens gleichzeitig auch das Product der „specifischen" Thätigkeit der Zelle, so wie das Product des in diesen gerade bestehenden Reizungszustandes. Viele Glieder fehlen uns somit zum Urtheile hier. Und wir halten uns daher an die specifischen Erscheinungen selbst. Soll z. B. ein geschwelltes Gefäss verengert werden, so kann es gelingen, dass es sich je nach der Befähigung und Menge eines Adstringens auf unsern Wunsch zusammenzieht. Es kann dies aber auch unterbleiben. Es kann selbst noch stärker schwellen. Und es kann sich sogar in nachtheiligem Grade contrahiren. Drum müssen wir zuvor die Zelle befragen und nach deren Antworten ein weises Verfahren ersinnen. Der Ausdruck „Wechselwirkung" macht Nichts klar. Die sogenannte „Gegenwirkung" mit ihrem Resultate für den einwirkenden Körper gehört nicht hierher. In der Therapie hat man „Wirkung" und „Folge" verwechselt. Die sogenannten Arzneiwirkungen sind nur Folgen. Die Stoffe erzeugen an den Atomen der Zellen eine Veränderung, die Wirkung und Alles Uebrige ist nur Folge und zwar eine vor der Erfahrung unberechenbare.

§ 3. Die Erfordernisse zum Arzte.

Soll eine krankhafte Zellenthätigkeit gehoben werden, so soll dies vorzugsweise so geschehen, dass dieselbe ohne Weiteres und sofort aufhört und die normale Thätigkeit bleibend wiederkehrt. Diese ruhige und totale Umwandlung ist das Ideal. Und diese That existirt. An den Gefässmuskeln ist dieselbe bis zu einem gewissen Grade schon nachgewiesen.

Es kann aber auch diese glückliche Umänderung unter der Anwendung von Mitteln langsamer oder nachträglich oder unvollkommen oder gar nicht erfolgen, und es kann selbst Verschlimmerung entstehen.

Das gesammte Wissen so verwenden, dass der gewünschte Erfolg entsteht, das eben ist hier die Kunst. Zu diesem Behufe muss man aber Wissen haben und zwar ein Wissen aus den elementaren Gebilden.

Unsere Erklärungen der Erscheinungen dringen von den Organen und Geweben tiefer zu den Zellen und Atomen vor. Aber die Organ- und

Gewebslehre wird dadurch nicht überflüssig, sondern nur klarer. Alles daher, was bis jetzt in der Heilkunde gelehrt wurde, soll auch fernerhin dem Anfänger gelehrt werden. In dieser Hinsicht stelle ich nur zwei Forderungen. 1. Es muss ein gründlicheres Studium der Logik eingeführt werden; denn nur in dem Maasse als dem Arzte sein Denken klar ist, wird er fähig, die Heilkunde richtig, sowie auch für die Erforschung der Wahrheit erfolgreich auszuüben. 2. Es ist ferner nicht gut, wenn der Arzt sich einseitig für sogenannte innere Curen ausbildet oder auch nur auf deren Vollziehung sich beschränkt. Denn die Chirurgie, Geburtshülfe, Augen- und Ohrenheilkunde etc. führen uns beständig ein gutes Stück der pathologischen Anatomie vor, die uns vor Einseitigkeiten schützt und uns auch die Einwirkung der Stoffe auf die Zellen und Atome nicht überschätzen lässt. Die Leichenöffnungen dürfen daher in der Praxis gleichfalls nicht vernachlässigt werden.

Doch Alles, was wir in diesen Andeutungen berührt haben, reicht zur Ausbildung des Arztes durchaus nicht hin, und Manches, was noch nicht üblich ist, muss hinzukommen. Es muss namentlich hinzukommen, dass der Sinn auf die Zellen- und Atomenthätigkeit hingelenkt und der Arzt in deren Berücksichtigung eingeübt werde. Wird der Schüler frühzeitig gründlich und kräftig darauf aufmerksam gemacht, dass allein die Zellen- und Atomenthätigkeit entscheidet und dass alle Ursachen, die den Körper treffen, diesen Thätigkeiten Rechnung tragen müssen, so wird der Geist so gerichtet, dass er nie diesen wichtigen Factor bei seinem einstigen Berufe ausser Acht lässt.

Zum Studium der Atomen- und Zellenthätigkeit, und somit zur Begründung des gesammten therapeutischen Wissens gehört aber die Einführung therapeutischer Experimente, wie da sind: die Experimente der physiologischen Chemie, das Experimentiren mit Arzneistoffen an den lebenden Geweben, die entweder ganz vom Körper abgetrennt oder doch ausser Zusammenhang theils mit dem Gefäss-, theils mit dem Nervensysteme gesetzt sind; ferner die Versuche an den Geweben und Organen lebender Thiere, sowie die Versuche mit Arznei- und Heilstoffen an dem ganzen Thiere.

Ist der Schüler durch Ueberlieferung der Thatsachen und Urtheile und durch eignes experimentirendes und beobachtendes Erforschen, namentlich in der soeben angegebenen Richtung, genügend herangebildet, so muss er durch Beobachtung der sogenannten spontanen Erscheinungen des menschlichen Organismus geschult werden. Diese Schulung gehört zu den allerwichtigsten Vorbildungen. Es hat demnach der Schüler seinen Geist und Körper in Bezug auf alle Erscheinungen zu beobachten, die auftauchen, und bei seinen Erklärungen wird er hier um so mehr auf die Zellen- und Atomenthätigkeit zurückgehen, je gründlicher er mit diesen bekannt gemacht ist. Er lernt dadurch die Schwankungen der Gesundheit kennen; er entdeckt das Schlummern von krankhaften Zuständen und Thätigkeiten, und er lernt das gut unterscheiden, was unter gegebenen Verhältnissen vorkommt und was durch absichtlich eingeschobene Ursachen entsteht.

Darauf hat der Anfänger die Heilstoffe, die er einstmals gebrauchen wird, an seinem eignen Körper anzuwenden, sowie gleichfalls Alles, was auf den Organismus wirken kann, so weit dies ohne eigene Gefahr ausführbar ist, nach Möglichkeit an sich zu versuchen. Dieses Arznei- und Mittelprüfen geschieht in der bereits von den Homöopathen geübten uud dadurch genug bekannt gewordenen Weise, und es geschieht an uns selbst, an Andern und im Vereine mit Mehreren, ohne dass man das angewandte Mittel kennt. Nach diesem Prüfen studirt man die von uns und von Anderen gewonnenen Resultate und sucht die Summen der von einem Mittel erlangten Erscheinungen zu einem Ganzen zusammenzufassen. Diese schwierige Arbeit vollzieht sich mit den zunehmenden Jahren der gewohnten Thätigkeit immer vollkommener. Aber sie muss von Anfang eingeübt und als wesentlicher Theil der Aufgabe dem Anfänger an's Herz gelegt werden. Man soll jedoch nicht nur die subjectiven, sondern auch die objectiven Erscheinungen von einem Mittel erforschen und dieses in verschiedenen Quantitäten anwenden. Indess ist es vollkommen wahr, dass auch die subjectiven Erscheinungen und dass ferner die von kleinen Gaben erlangten Symptome, namentlich wenn sie auf Grund der bisher angegebenen Vorstudien erworben sind, ihren guten Werth haben. — Mit diesen Arzneiversuchen vollendet sich die Einführung in die Arzneimittellehre.

Aber so reichlich auch das Wissen des Schülers sein mag, so ist dieser doch nur in dem Maasse wahrhaft reif, als er alle seine Beobachtungen auf die Atome und Zellen, von denen alles Leiden, wie alles Erkranken ausgeht, zurückzuführen vermag oder doch hierauf bestrebt ist.

Zur Ausbildung des Arztes gehört endlich noch die Kenntniss des spontanen Verlaufs der Krankheiten.

Alle diese Studien erst machen den Anfänger fähig, Kranke zu behandeln.

Aber alle diese Studien wurden bisher theils gar nicht, theils nicht sämmtlich gemacht, und dieselben müssen sogar den Arzt sein ganzes Leben hindurch begleiten.

§ 4. Der Vorgang beim Heilen. Das indirecte und das directe Verfahren gegen die erkrankten Theile.

Ich wiederhole, dass ich nur die Heilung derjenigen Krankheiten, die durch krankhafte Zustände oder Bewegungen der Atome und Zellen entstehen und durch Einwirkungen auf diese Atome und Zellen gehoben werden, besprechen will. Ich habe daher z. B. nicht von den Neutralisirungscuren etc. etc., sondern nur von den chemischen Ersatzcuren und namentlich von den Zellenanregungscuren zu reden. Wenn wir mangelnde Stoffe ersetzen, so giebt die Chemie uns jetzt darüber Belehrung. Wenn wir dagegen auf die krankhaft thätigen Zellen wirken, se fehlt uns bis jetzt alle Kenntniss von dem Vorgange, der sich in den Zellen und in deren Atomen dann vollzieht, wenn unsere Mittel sie heilend treffen. Man sollte daher glauben, dass man nicht im Stande sei, aus der Entwicklung auf die Zellengebilde ein Curverfahren zu machen. Dennoch ist dies möglich, und es ist von jeher geschehen. Im Drange der Noth griffen die Menschen, der gröberen sinnlichen Beschaffenheit der Dinge folgend, zu Kräutern und Mineralien. Aber die Mineralien sind theils Stoffersatz-, theils Zellenanregungsmittel, und die Kräuter sind blos Zellenreizmittel. Der Pfeffermünz- und der Chamillenthee enthalten ätherisches Oel, durch welches sie namentlich die Gefässmuskeln berühren und deren Thätigkeit dadurch verändern können. Der Chamillenthee kann nun eine Castralgie dadurch heilen, dass er die hyperämischen Gefässe der Magenschleimhaut durch Einwirkung auf die Molecule der Gefässmuskelzellen zur Norm zurückführt, und es entsteht dann eine directe Cur an dem die Krankheit machenden Gewebe. Traditionell macht man solche Curen, erklärt sie aber als indirecte. Und indirect können diese Mittel ebenfalls heilen, indem sie nämlich durch Schweisserzengung einen beraubenden Einfluss auf die Hyperämie der Magenschleimhaut ausüben und die Gefässe hier durch Verminderung ihres Inhaltes zur Contrahirung veranlassen. Aber auch bei diesem indirecten Heilen geht Alles von den Zellen und ihren Atomen aus. Denn es giebt nun einmal keinen anderen Weg, um auf die Gewebe zu wirken, und in Folge irgend einer Anregung müssen die Zellen und deren Atome stets Alles vollbringen.

Indess dies indirecte Verfahren ist nicht für alle Gewebe ausführbar. Es ist ferner häufig ungenügend, nicht radical genug, und es muss oft gewaltsam und selbst bis zum Nachtheil des Kranken gehandhabt werden. Aber dennoch wird es im grössten Umfange ausgeübt und es blüht in allen seinen Arten. — Ihm steht also das Verfahren gegenüber, das die erkrankten Zellen und Atome direct angreift.

Solches directe Curiren findet z. B. bei den Localcuren statt, wie beim Aetzen, beim Gebrauche von Salben gegen Geschwüre und Ausschläge, bei Anwendung von Frost- und Wundwässern, Eis etc. Doch der Vorgang bei diesen Localcuren ist keinesweges stets ein sehr einfacher. Wir haben denselben aber hier nicht zu erörtern. Indess die auf die erkrankten Stellen gerichteten Localmittel greifen die erkrankten

Zellengebilde selbst an und können dadurch oft ganz allein die Heilung vollbringen. Und es wird dieses Localverfahren gleichfalls im grössten Maassstabe ausgeführt, in immer neuen Variationen. Auch können wir dasselbe nicht entbehren, sowie wir auf keine irgend mögliche Einwirkungsweise ganz verzichten wollen. Dennoch schränken wir auch diese Localcuren ein, weil sie bald zu gewaltsam, bald nutzlos oder gar nachtheilig für den Kranken oder doch störend für den Verlauf der Krankheit sind.

Aehnlich indess, wie wir bei diesen Localcuren die erkrankten z u gänglichen Gewebstellen direct angreifen, können wir auch bei den sogenannten inneren Curen die erkrankten und für die Hautwirkung u n z u gänglichen Gewebstellen durch die Mittel selbst berühren. Wir führen dann die Mittel in das Blut ein, das sie im Körper verbreitet und wobei sie an die kranken Stellen gelangen, um hier an den Zellengebilden zu vollbringen, was ihnen eigen ist. So können der Chamillenthee und der Sp. sulph. aeth. durch Contrahirung der Magen- und Darmgefässe Magenschmerzen und Koliken stillen, Cognac und Wein die Gefässe der entzündeten Lunge, Bals. copaiv. die der Harnröhrenschleimhaut contrahiren etc. Jod und Jodkali können chemisch lösend wirken, aber auch direct heilende Gefässwirkungen äussern. Nicht mit Unrecht nannte man Arsen., Hydrargyrum, Antimonium etc., die ebenfalls und zwar bedeutende directe Heilwirkungen zu ergeben vermögen: Alterantia. Und berühmt sind in diesen directen Wirkungen Belladonna, Pulsatilla, Nux vomica, Stramonium, Veratrum etc. etc.

§ 5. Das directe innere Curverfahren mittelst des specifischen Mittels.

Das directe innere Verfahren ist im Gegensatze zum indirecten inneren Curiren jedenfalls das richtigste. Denn es ist auf die im krankhaften Zustande befindlichen Zellen und Atome selbst gerichtet. Doch hat sich dies Verfahren nicht genug bewähren wollen. Denn es erfordert wichtige Bedingungen, die man noch nicht kannte. Und indem man daher auch mittelst dieses Verfahrens zu Gewaltcuren überging und zwar meistens erfolglos, so ist dasselbe in Misscredit gekommen. Ueberdies hatte man kein klares Verständniss von dem d i r e c t e n und dem i n d i r e c t e n Curverfahren, und indem man beide vermengte, hielt man sich nur an das „energische" Eingreifen. Man scheute desshalb endlich, zumal wegen der üblen Folgen, sogar das innere Verfahren überhaupt, konnte aber dieses dem Publicum gegenüber doch nicht entbehren und musste somit immer wieder die überlieferten Mittel nach ihrer traditionellen Wirkung anwenden, obgleich man dieselben verachtete und verhöhnte.

Es können jedoch die Mittel innerlich in ihrer directen Wirkung auf die erkrankten Gewebstellen überraschende Erfolge ergeben und die Krankheiten nach dem alten Satze „Tuto, jucunde, cito" heilen. Solche immer wieder auftauchenden Erfolge erhielten die Mittel im Ruf, ohne dass man den Grund des Erfolges anzugeben vermochte und ohne demnach diesen zuverlässig hervorbringen zu können. So wenig daher mancher Arzt von solchem Erfolge selbst sah, so genügte doch dies Wenige, und er glaubte, je mehr er zu solchem Glauben neigte und auch wegen seines Rufes und Erwerbs der Tradition bedurfte. Somit wurden solche Curen von den eifrigen Aerzten angestrebt. Es war das Wunder der Heilthat, das man zu verrichten suchte. Und je mehr dies Streben zum Bewusstsein kam, um so mehr verlangte man nach dem rechten und endlich nach dem specifischen Mittel und Verfahren.

Die Einverleibung in das Blut, wenn auch nicht absolut durch den Magen, ist in der That der einzige und zweckmässige Weg, um geschickt zu den erkrankten Zellen und Atomen zu gelangen. Nach der Analogie mit der Nahrung liess man die Mittel „einnehmen." Auf diesem Wege geht vieles von denselben verloren. Je weniger aber von ihnen in's Blut gelangt, um so besser ist dieses Wenige geeignet, gerade die erkrankte Stelle angemessen zu berühren. Auch vermittelt das Blut eine beträchtliche Zertheilung des Heilstoffs. Und von Anfang hielt man ja schon die „inneren Curen" für die richtigsten und gründlichsten, zumal in ihnen das Mittel zum vollen „Suchen und Finden" gelange. Doch der wahre Grund tritt erst in der Cellular- und Atomentherapie klar hervor.

Indess der Glaube an das specifische Mittel und seine wunderartige Heilthat wurde zu wenig durch den Erfolg bestätigt. Und hätten das Quecksilber, die Ipecacuanha und die China diesen Glauben nicht aufrecht erhalten, so hätte er unterliegen müssen. So sehr man aber auch den Glauben aufrecht erhielt, so konnte man doch das Mittel nicht dienstbar genug machen. Die Heilkunde verlor sich daher nicht nur im Zweifel an das specifische Mittel, sondern sie verzweifelte sogar an allem Curiren und wandte sich dem diätetischen und abwartenden Curverfahren zu.

Die Schuld lag jedoch daran, dass man nicht von dem Leben und Schaffen der Zellen und Atome ausging. Von diesen konnte man nicht ausgehen, so lange man sich nicht kannte, und seitdem man sie kannte, war man für diesen Schritt allzusehr in dem gehäuften dogmatischen Curverfahren befangen, durch physikalisches Experimentiren abgelenkt und durch die pathologische Anatomie verblendet. Und da sich die Kranken leicht durch das Benehmen des Arztes zufrieden stellen lassen, so machte man es mit, wie es irgend ging, die Besserung von der Zukunft anderer Wissenschaften erwartend.

Es fruchtet nichts, gegen den Zweifel der Aerzte und gegen ihr Curiren zu reden. Wohl aber fruchtet es, davon zu reden, dass von den Zellen und Atomen das Kranksein ausgegangen ist und dass auch von ihnen die Genesung ausgehen muss, sie also zum directen Angriffspuncte gemacht werden müssen, freilich nicht in einer gewaltsamen, sondern in einer sanften, geschickten und hierzu besonders ersonnenen Weise. Und gelingt es demnach, für die Curen an den erkrankten Gewebstellen ein geeignetes Verfahren zu finden, so ist die kunstmässige Heilung gerettet und sogar rationell sicher gestellt, wie unvollkommen die so gewonnene Kunst auch noch sein möge. Es handelt sich in der That bloss um das — thatsächlich und logisch — richtige Verfahren. Denn der Erfolg kann aus verschiedenen Ursachen, auch jenseits aller Möglichkeit oder doch jenseits der Möglichkeit einer Zeit liegen. Und überdies fragt es sich, ob für alle Krankheiten die direct helfenden Mittel geschaffen sind oder gefunden werden können.

Gewiss, ich führe nicht zu einem ungerechtfertigten Glauben und Hoffen, sondern ich unterbreite nur ein Verfahren, das Alle selbst als das einzig mögliche anerkennen müssen.

Indess ist es denn auch wahr, dass die Mittel auf die erkrankten Zellen und Atome selbst wirken und nicht etwa auf deren gesunde Umgebung, um von dieser aus jene zur Norm zu bringen? Einem gelähmten Nerven z. B. können wir allerdings wohl keinen heilsamen Anstoss geben, hingegen können wir auf die benachbarten Gefässe desselben erfolgreich wirken und von hier aus dessen Restituirung erlangen. Doch dann machen wir nur eine Nutritionscur mittelst der Gefässfunction und nicht eine Cur zur Umstimmung der Zellenthätigkeit. Gewiss brächte eine gute allgemeine Therapie ein helleres Licht in unsern Gegenstand. Diese aber liegt hier ganz ausser unserem Plan. Ich rede hier in der That hauptsächlich von den specifischen Umstimmungscuren, wie sie z. B. die unverändert bald wieder ausgeschiedene China macht. Bei diesen Curen sind aber die Gewebe nicht gelähmt. Somit können die Mittel noch auf sie wirken. Auch kann man im Versuche eine Gewebsstelle zu einer veränderten Thätigkeit bestimmen und darauf letztere wieder aufheben. Somit meine ich, dass wir auf die erkrankten Zellen selbst wirken.

Zu diesem Behufe aber scheint es vor Allem nöthig, dass wir die Beschaffenheit des an den Zellen bestehenden krankhaften Zustandes kennten und hieraus das richtige Verfahren entnähmen. Indess jene pathologische Beschaffenheit ist uns ganz unbekannt.

In dieser schwierigen Lage aber giebt es für die Cellulartherapie glücklicher Weise einen Ausweg. Nach den eben angegebenen Vorstudien soll nämlich der geistige Blick des Arztes auf die thätigen Elementartheile, also auf die Gewebe und deren Zellen und Atome, gerichtet sein und der Arzt soll alle Erscheinungen auf dieselben zurückzuführen suchen. Ist nun dem Arzte diese Erklärungsrichtung geläufig, so ist es ihm nicht schwer, den Erscheinuugen ein entsprechendes Verhalten der Gewebe parallel zu stellen. Es wird dies sogar um so leichter sein, je mehr er das Leben der Elementargebilde kennen gelernt hat. Die richtige physiologische Vorschule führt daher am gediegensten in die Cellular- und Atomentherapie ein, und mit dem Studium der Zellen- und Atomenlehre ist bereits der Gang zum richtigen Curverfahren gesichert. Die Exacerbation eines entzündlichen Leidens erinnert uns demnach z. B. an das Ueberfluthen der Gefässe des Kaninchenohrs, und die Remission erinnert uns an das Erblassen dieses Ohres. Von solchem Vorbilde gelangen wir auf feinere Erscheinungen, und construirend machen wir von unläugbaren Thatsachen aus uns Bilder, wie die Gewebe arbeiten und Erscheinungen geben.

Erfolgreich ergänzt die pathologische Anatomie diese Constructionen, und während sie dabei uns nicht mehr ohne Noth ängstigt, haben wir in dem Leben der Zelle erkannt, welche unaussprechbar kleine Veränderungen an derselben bereits stürmische Erscheinungen zu ergeben vermögen.

Unter kluger Verwerthung der Zellen- und Atomenkenntniss für das Studium der Symptome studiren wir dann die Krankheiten in ganz anderer Weise. Zahnschmerzen z. B. erscheinen uns nur als Reizungen der Gefässmuskelzellen. Indem wir den Charakter einer solchen Reizung zu gewinnen suchen, sammeln wir die Symptome in Bezug auf den Sitz, die Ausbreitung und die Beschaffenheit der Schmerzen, in Bezug auf die Dauer der Anfälle, die Zeit ihres Eintritts, die Weise und die Umstände ihres Beginnens, Steigens und Endigens etc. und bringen diese Erscheinungen in Zusammenhang mit der vorhandenen Hyperämie. Nach einer genügenden Erforschung von Fällen sehen wir uns dann im Besitze von Krankheitsbildern mit einer Symptomatologie von nie geahnter Ausführlichkeit und unterscheidender Deutlichkeit. Aus diesen Bildern endlich gewinnen wir die verschiedenen Reizungsumstände, in welchen die Gefässmuskelzellen bei einer Entzündung begriffen sein können, und wir können die Species bilden einer Entzündung und der ihr zu Grunde liegenden Zellenreizung.

Erst hiermit studiren wir die specielle Pathologie wirklich speciell. Und das Resultat aller solcher Studien ist die Gewinnung der wahren Species der Krankheiten in ihrem Leben, die Gewinnung der wichtigen Symptome einer Zellenreizung oder eines gestörten Atomenverhältnisses.

Wir haben aber auch oben gelehrt, dass der Arzt die Arzneien prüfen soll. Dies muss gleichfalls in der soeben angegebenen Weise, also unter Zurückführung der Symptome auf die Zellen und Atome geschehen, um die Species der durch das geprüfte Mittel angeregten Zellen- und Atomenstörung zu gewinnen.

Gesetzt nun, dieses doppelte Studium der Krankheiten und der Arzneiwirkungen sei in dem Vorstudium gründlich eingeübt und werde auch fernerhin vom Arzte gewissenhaft betrieben, so ist es ganz unausbleiblich, dass der Arzt Arzneistoffe findet, welche ähnliche Symptome anregen, als er in Krankheiten beobachtet hat. Es kann also der Arzt Zahnschmerzen finden, die durch kaltes, in den Mund genommenes, Wasser gemindert oder gehoben werden, und er kann Arzneien (Pulsatilla) finden, bei deren Einnehmen Zahnschmerzen mit solcher Eigenthümlichkeit entstehen; oder Zahnschmerzen mit Eiterbildung am Zahnfleische, und Arzneien, bei deren Einnehmen Zahnschmerzen mit Eiterbildung am Zahnfleische auftreten. Ebenso in Betreff des Nasenblutens, Blutspeiens und zahlreichen anderen Krankheiten oder Krankheitsfolgen.

Hiermit stehen wir aber vor einer inhaltsvollen Thatsache: Krankheiten und Arzneien ergeben Erscheinungen, die sich und zwar oft überraschend gleichen. Nichts jedoch ist auf dem Standpunkte der Zellen- und Atomenlehre natürlicher als dieses. Wenn alle Erscheinungen in letzter Instanz von den Zellen und Atomen ausgehen, so muss Alles, was auf den Körper wirkt, in letzter Instanz die Zellen und Atome treffen. Ob sie an diesen etwaige schlummernde Zustände anregen? Allerdings. Indess durchaus nicht alle Prüfungssymptome beruhen auf schlummernden Krankheiten. Somit muss in den Zellen auch eine andersartige Disposition gegeben sein oder entstehen können, so dass die Arzneien solche Symptome zu machen vermögen, wie sie auch durch Krankheitsursachen veranlasst werden. Und sofern die Arznei-, wie die Krankheitssymptome von einem und demselben Zellengebilde ausgehen, können ja Beide leicht etwas Gemeinsames haben. Von den Zellen zu den Symptomen und von den Symptomen zu den Zellen bewegen wir uns immer auf denselben vorgezeichneten Bahnen.

§ 7. Der entdeckende und ersinnende Therapeut.

Suchen, entdecken, finden und erfinden, das ist die Aufgabe des Arztes.

Gesetzt nun, ein Arzt macht die erwähnte Beobachtung, dass die Arznei- und Krankheitssymptome ähnlich sind oder Gemeinsames haben oder demselben Elementargebilde entspringen, und gesetzt, dass ihn die Noth zum Heilversuche treibt und er kein bewährtes Mittel weiss. Dies also gesetzt, so wird der entschlossene Arzt das Mittel ergreifen, welches auf dasselbe Organ, Gewebe und Zellengebiet wirkt, welchem die Krankheitssymptome entspringen. Er wird mithin das Mittel wählen, dessen Symptome den Krankheitssymptomen ähnlich sind. Denn was auf dieselben Elementartheile wirkt, muss irgend Aehnliches ergeben. Wer aber einmal diesen kühnen Schritt des selbständigen Heilversuchs gethan hat, der wird sich durch einen etwa ungünstigen Erfolg nicht leicht einschüchtern lassen. Vielleicht auch zeigt sich trotz der vermeintlichen Verschlimmerung schon einige Besserung, trotz der angeblichen Erfolglosigkeit ist das eine oder andere Symptom schon geschwunden. Der Arzt jedoch, den wir hier schildern, hat einen tiefen Blick in das Leben der Zelle oder in das Walten der ehemaligen sogenannten „Lebenskraft" gethan, und er weiss somit bedacht vorwärts zu schreiten. Von der etwa zu grossen Dosis flüchtet er schnell zur kleineren. Mithin hat er auf seinem Entdeckungsgange nichts zu fürchten. Zum ersten Male vielmehr fühlt er sich auf der Stufe des Genius und berufen, während und weil Alles ihn verlässt, selbständig einzugreifen, — reif, frei und jetzt Herr in seiner Kunst. Fort wirft er die Fesseln der Schule, die gedankenarmen Regeln, die dem Kranken nie genützt, die dem Arzte nur geschadet. Beobachtend und experimentirend dringt er weiter. War ihm der Bildungsgang, wie wir ihn vorgezeichnet, nicht zu Theil geworden, so gelangt er selbst und sogar von den alterthümlichsten Ansichten aus auf denselben. Denn es giebt hier keinen anderen Weg für den wahrhaft fortdringenden Geist. Er beobachtet daher die spontanen Erscheinungen, prüft die Arzneien, studirt den Verlauf der Krankheit, ändert die Form des Mittels, ersinnt bessere Dosen, und siehe, er ist auf dem Wege, den Keiner ihm gezeigt.

„Was auf dieselben Zellen und Atome wirkt, das beseitigt auch die Erscheinungen, die durch abnorme Zustände eben dieser Zellen und Atome veranlasst werden," — in dieser Fassung etwa gestaltet sich seine anfängliche Entdeckung. Aber bald erkannte er, dass die Gabe des Mittels mehr, als er je geahnt, in Betracht kommt. Wäre ihm die enorme Reizbarkeit unbekannt geblieben, so würde er gescheitert sein. Indess er hatte durchschaut, wie wenig es zur Aeusserung der Thätigkeiten bedarf, und wenn Andere es als blosse Phantasieen, nur als hypochondrische und hysterische Zufälle gelten liessen, dass eine Wolke vor der Sonne verstimmend wirkt und Frösteln macht, oder der noch kommende Schnee durch die bereits ihm vorangehende Kälte und Feuchtigkeit Beschwerden erzeugt, so hatte er diese mahnenden Fingerzeige verstanden. Kühn überspringt er somit weit die Grenzen der traditionellen Dosis und hiermit das für den Entdecker nicht mehr existirende Verbot des Selbstdispensirens. Mit diesem Schritte aber eröffnet sich vor ihm eine unübersehbare Reihe von Entdeckungen, und eine Kette therapeutischer Erfindungen beginnt. In der Fluth des überwältigenden Neuen hat er nur die Sorge, sich selbst Schranken anzulegen. „Vielleicht vermag die Dosis Vieles ganz allein?" — so fragt er sich, während er über seine Entdeckungen in Bezug auf die Kraft der

Dosis sinnt. Denn die kleinere Dosis, fährt er grübelnd fort, ist wohl im Stande, erfolgreicher zu heilen, aber desshalb nicht stärker als die grössere Dosis, sondern nur angemessener für den obwaltenden Zustand der Zelle und dadurch geschickter, tauglicher, wirksamer und dabei minder leicht nachtheilig; die Mannigfaltigkeit der Dosis könnte daher wohl Mancherlei ersetzen? Indess ihm drängen sich aus der Praxis die hartnäckigen und complicirten Zustände der Zellen und Atome (oder der sogenannten „Lebenskraft") zu mächtig in's Bewusstsein, und die Begabung der verschiedenen Mittel steht zu klar in seinem Gedächtniss, um auf einen Irrweg zu gerathen und aus dem grossen Mittelvorrathe irgend eines abzuweisen.

Auch den leitenden Gedanken fasst er jetzt enger: „was auf dieselben Zellen und Atome wirkt, das beseitigt auch die Erscheinungen, die durch abnorme Zustände dieser selbigen Zellen und Atome veranlasst sind, sofern nämlich die Symptome des Mittels Aehnlichkeit mit den Krankheitssymptomen haben und auch die Dosis gut getroffen ist". Wie könnte es auch anders sein? Denn die krankhaft thätige Zelle bedarf einer milden Berührung. Mild aber ist das Verdünnte und ferner das Verwandte, welches je den bestehenden Zustand durch keine abweichende Beschaffenheit verletzend aufrührt, sondern die Molecule nur in der schon vorhandenen Weise ihrer Störung antastet.

Somit hält sich unser entdeckender Arzt an die Aehnlichkeit und an die kleinen Gaben. Dabei aber kann es nicht ausbleiben, dass er die Nachwirkung, die Wiederholung, Verbindung und Aufeinanderfolge der Mittel in einer Krankheit studirt, sowie zwischendurch Scheinarznei giebt, — lauter Neuerungen im Verhältniss zu seinem früheren Verfahren, in welchem das Suchen und Finden ihm fremd war und er noch keinen Weg und keine Weise kannte. Auch mag er wohl blosse Scheinarznei geben, um das abwartende Verfahren kennen zu lernen. Doch durchschaut er letzteres allzu schnell, und er kennt die Nothwendigkeit eines Eingriffs allzugut.

Aber das Maass des Erfolgs an dem gebrechlichen Menschenleibe ist leider beschränkt. Die zu mächtigen Ursachen trotzen der Kunst, und der Kampf mit den chronischen Krankheiten erspart Keinem die Verbitterung. Klagend erkennt unser entdeckender Arzt, wie viel noch zu forschen ist. Dennoch kann er befriedigt zurückblicken, und dankend preist er selbst die Ungunst Aller, die feindlich ihm gegenüber standen, um ihn in seinem Entdeckungsgange auf der rechten Bahn zu halten. Doch mit jeder Stunde schier, die er noch fernerhin wirkt, ruft er aus: „Bis hierher hat der praktische Arzt das Neue gefunden und geführt, doch als Mann des Volkes und des Erwerbs giebt er gern der Wissenschaft seine Errungenschaften zur Vollendung hin.

II. Theil.

§ 7. Die Homöopathie.

Ich habe bis jetzt geschildert, wie auf dem gegenwärtigen Standpuncte der Wissenschaft der einzelne Arzt im Stande sein könne und bei einer thätigen Erkenntniss sogar dahingelangen müsse, eine Cellular- und Atomentherapie sich selbst zu schaffen. Nun aber hat Hahnemann eine Cellular- und Atomentherapie aufgestellt, ehe die Zelle entdeckt war und bevor alle die Bedingungen noch gegeben waren, die uns die Aufstellung dieser Therapie jetzt erleichtern. Somit begreift sich die Leistung Hahnemann's.

Meine Aufgabe ist: den Leser in das Wesen der Homöopathie auf eine überzeugende Weise einzuführen. Ich habe ihn daher in die Cellular- und Atomentherapie eingeführt. Denn diese ist der Kern der Homöopathie. Auch habe ich dies in überzeugender Weise gethan. Denn auf die Zellen und Atome muss man bei allen Erscheinungen zurückgehen, und von ihnen muss man bei allen Handlungen ausgehen. Somit kann man die Cellular- und Atomentherapie, so unvollkommen dieselbe noch sein mag, nicht abweisen. Alles Wirken des Arztes fusst ohne sein Wissen auf den Zellen und Atomen. Nun so möge denn derselbe auch selbstbewusst von diesen Gebilden ausgehen. Wenn er die Homöopathie gerecht und wahr erforscht, so gelangt er auf die Cellular- und Atomentherapie und kann aus der Zellen- und Atomenlehre die homöopathischen Thatsachen erklären. Und wenn er aus der Zellen- und Atomenlehre eine Therapie aufbaut, so gelangt er ganz und gar auf die homöopathischen Thatsachen und Erfolge. Diese doppelte Thatsache steht fest. Auch sind Männer ganz unabhängig und selbständig auf Thatsachen gelangt, in denen man die homöopathischen Wahrheiten leicht wieder erkennt. Allerdings wenn man bereits weiss, dass ein Etwas vorhanden ist, so erkennt man es leichter, und wen die Noth nicht treibt, der geht an dem Verborgenen und selbst an dem Offenkundigen vorüber. Ich frage daher, würden Männer der herrschenden Schule eine auf die Elemente des Organismus gegründete Therapie aufgebaut, d. h. die jetzige Homöopathie hervorgebracht oder doch deren Kern als Grundstein aufgestellt haben, wenn Hahnemann nicht bereits und zwar vor der Entdeckung der Zelle schon vorangegangen wäre? Und so weit ich die Männer kenne, die mit und seit Hahnemann gelebt haben und leben, so antworte ich: nein! Wenn Hahnemann die Cellular- und Atomentherapie in der Gestalt der Homöopathie nicht gegeben hätte, so existirte noch Nichts von diesem Allem. Wohl aber würde das Wesen und der Kern der Homöopathie dennoch einst gewonnen werden. Indess wir haben nun einmal die Cellular- und Atomentherapie, wie sie Hahnemann als Homöopathie erschuf, und was als jene Therapie aufgebaut werden kann, muss auf Hahnemann zurückgehen und an ihn anknüpfen.

Obgleich ihm die Zelle und ihr Leben unbekannt war, so ging er doch von einem einheitlichen Ganzen aus, das seine Eigenthümlichkeiten habe, das mit diesen auf die Wirkung der Mittel „reagire," das in seinen Eigenthümlichkeiten berücksichtigt sein wolle und das nicht eigenmächtig und mit Gewalten sich bestimmen lasse. Und dieses einheitliche Ganze, ehemals die „Lebenskraft," ist jetzt die Zelle und das Atom. Diese herrschenden Elementargebilde kannte Hahnemann nicht. Aber richtig erfasste er das Walten eines Wesens, mit dem man zu rechnen hat. Und die Consequenzen mussten Wahrheit sein, wenn auch noch in unklarer Begründung. Diese Consequenzen aber zu verfolgen, dazu bedurfte es 1. der felsenfesten Erkenntniss, dass die vollbrachten Heilungen das Werk des selbst erfundenen Verfahrens seien und 2. eines Charakters von der Eigenthümlichkeit Hahnemann's. — Das Weitere gehört der Geschichte der Entdeckungen und Erfindungen an.

Hahnemann entdeckte nicht das directe Heilen der Krankheiten. Denn die überraschenden und aus den Organ- und Gewebsfunctionen nicht erklärbaren Curen waren schon bekannt. Er aber erkannte diese begeisterungsvoll, so dass er zum Anstreben der selbstbewussten Vollziehung solcher Curen bestimmt wurde. Somit gab er diesen Curen eine Richtung und zwar die allein mögliche. In Folge dessen entdeckte er die Thatsache des Simile. Hiermit erfand er die homöopathische Therapie. Und durch die Entdeckung der Wirksamkeit der kleinen Gaben machte er diese Therapie vollkommen ausführbar. Er erkannte die Bedeutung der ehemaligen „Wundercuren," die das rechte Mittel vollbringt. Unter subjectiver Ueberzeugung hatte er das Richtige getroffen. Immer neue Fälle aber gaben ihm die Bestätigung und verliehen ihm den thatsächlichen Boden.

Jetzt aber wissen wir, dass das, was Hahnemann zu entdecken anstrebte, in der Wirklichkeit auch existirte, und dass das, was er erfinden wollte, eine Möglichkeit war. Somit tritt uns die Wahrheit aus der Wirklichkeit selbst entgegen, und wir müssen jetzt in der „Homöopathie" das directe innere Curverfahren der Cellular- und Atomentherapie erkennen. Können wir aber heute die Hahnemann'sche Lehre in dieser Weise bezeichnen, so sollen wir nicht vergessen, dass dieselbe viele Jahrzehnte hindurch wissenschaftlich ganz unerfassbar war. Denn so sehr war sie der Wissenschaft vorangeeilt. Darum gehören alle früheren Verirrungen und Excentricitäten der Anhänger dieser Lehre ganz der Geschichte an, Kern und Wesen bleiben. Wie auch hätte Hahnemann seine Lehre deutlicher machen können, als er für seine Zeit vermochte? Darum halte ich auch alle bisherigen Einwürfe der Gegner für abgethan. Sogar die bestehenden Erklärungsversuche kommen gar nicht mehr in

Betracht, sobald von den Zellen und Atomen ausgegangen werden und die wissenschaftlⁱche Forschung in der Therapie erst beginnen soll. Jede Erfahrungswⁱssenschaft ist erst noch auf dem Wege zur Wahrheit.

§ 8. Der Umfang der Therapie.

An kein Stichwort ist die Heilkunde gebunden. Sie kann Blut entziehen, brechen und abführen lassen, auf alle Functionen wirken etc. Doch dies Alles nur unter der einen Bedingung, dass sie von den Zellen und Atomen ausgehe und dass sie aus deren Kenntniss entnehme, was aus dem ärztlichen Eingriffe entspringe und ob Solches zum Ziele führe. Will somit der Arzt in den traditionellen Eingriffen sich bewegen, so muss er denselben Bildungsgang durchmachen, den wir oben gezeichnet haben. Er muss also Cellularpatholog und Cellulartherapeut werden. Hiermit aber wird sein Blick sich erweitern, und klarer wird er seine indirecten Curen, die nie einen Schaden radical genug treffen, verstehen, um das directe Heilen zu würdigen. Mit dem Uebergange zu letzteren vom Standpuncte der Zellen und der Atome aus ergiebt sich dann für einen sinnenden Geist Alles von selbst; der Weg liegt gleichsam vorgezeichnet da.

Die directe Einwirkung, nicht etwa unbestimmt auf die Organe, sondern scharf gerichtet auf die erkrankten Zellen und Atome, ist das Wesen der Homöopathie. Das Simile ist nur das Mittel hierzu. Denn jenes directe Angreifen des Erkrankten ist das letzte Glied in der Kette der Handlungen, die angestrebte, die sinnig vorbereitete, die allein den Ausschlag gebende und die allein zum Ziel zu nehmende Handlung. Die Homöopathie ist das erste selbstbewusste und methodische Verfahren zur directen Einwirkung auf die erkrankten Zellen und Atome, mithin ganz verschieden von Rademacher's directem Verfahren, und sie schliesst von der gesammten Therapie kein Verfahren absolut aus, sucht aber die Grenzen ihrer Rechte.

Die Zahl der Mittel ist unbeschränkt für alle Medicin. Indess in der Homöopathie beschränkt sich die Zahl der Mittel in Folge der hier zu erfüllenden Bedingungen. Denn das anzuwendende Mittel muss zuvor geprüft werden, und jedes Curiren mit einem nicht geprüften Mittel gilt als irrationell, da es nur einen blinden Versuch ergiebt. Dem rationellen Arzte stehen daher gar viele gebrauchte Mittel nicht oder doch vor der gewissenhaft angestellten Prüfung nicht zu Gebote. Hiernach ist es unnöthig von Mitteln wie Psorin etc. zu reden. Diese vorangehende Prüfung soll jedoch nicht bloss an Gesunden, sondern auch in physiologischen Vor-Versuchen geschehen, obwohl auch das, was man ausserhalb des Körpers noch nicht wirksam fand, im Körper dennoch wirken kann. Und die vor der Anwendung etwa einzuschaltende Prüfung kann dann allerdings eine schwierige oder unangenehme Zugabe sein, aber sie ist nimmer zu erlassen.

Unter den Mitteln, welche an Gesunden geprüft sind, giebt es nun solche, von denen die Gewebsversuche und die Chemie noch keine Befähigung darthun, wie Silicea und Sepia. An diesen Mitteln nehmen Viele Anstoss. Wohlan, mögen sie dieselben ausstreichen, — nach einer eingehenden Untersuchung. Uebrigens ist kein Homöopath von vornherein mit dem gesammten überlieferten homöopathischen Arzneischatze befreundet. Oft nach mehren Jahren erst verständigt er sich mit manchen Mitteln. Aber es mag fallen, was will. Das Wesen bleibt. Denn es ist die lauterste Wahrheit in dieser Sache.

§. 9. Die Arzneiprüfung an Gesunden.

Das Arzneiprüfen der Homöopathen ist ein Verfahren, das sofort begonnen und ausgeführt werden müsste, wenn es nicht bereits existirte. Die an Kranken beobachteten Arzneiwirkungen und die Vergiftungserscheinungen werden mit Recht hinzugenommen, und die oben angegebenen Vor-Versuche gehen zweckmässig voran. Wohl kann Mancher Vielerlei finden. Doch zur gründlichen Erforschung der Arzneiwirkungen und namentlich zur Verwerthung der Resultate gehört ein wissenschaftlich geschulter Geist, der künftighin aus den Elementartheilen die Erscheinungen zu deuten sich befleissigen muss. Der Zweck der Arzneiprüfung ist: 1. die Kenntniss der eigenthümlichen Wirkungen und somit auch des Organismus, soweit wir dem Mittel im Organismus zu folgen vermögen, und 2. die Gewinnung der Thatsachen zur Wahl des Mittels behufs der Anwendung. In letzterer Hinsicht sind die Arzneiprüfungen für jegliche Cellular- und Atomentherapie unerlässlich. Auch die Prüfungen mit kleinen Gaben und Verdünnungen sind an sich und in Bezug auf die Reizbarkeitserscheinungen unentbehrlich. — An die Stelle der sogenannten Arzneimittellehre tritt fernerhin als selbständiger Theil der medicinischen Wissenschaften die Lehre von den Arzneiwirkungen, und in dieser Lehre gehen die homöopathischen Arzneiprüfungen dann ganz auf mit allen ihren Eigenthümlichkeiten. Immerhin mag man Verschiedenes an diesen Prüfungen tadeln. Indess praktische Aerzte haben dieselben neben ihrer Tagesarbeit gemacht und sie haben zum Theil wahre Muster geliefert. Hat man die Prüfung eines Mittels beendigt, so soll man die schon vorhandenen Prüfungen desselben Mittels vergleichen und Alles zusammenstellen, was von dessen Arzneiwirkung bekannt ist. Hierauf aber soll man aus der ganzen Summe der Erscheinungen den unterscheidenden Charakter des Mittels gewinnen. Dies heisst: man soll den Begriff des Mittels zu erfassen suchen, — was allerdings nur erst in beschreibender Weise geschehen kann.

Blicke ich nun auf diese Arbeiten, so sehe ich in einen Abgrund von Schwierigkeiten. Aber mit Beharrlichkeit und Fleiss haben sich die Homöopathen denselben unterzogen. Und hätten sie es nicht gethan, so würden sie nicht haben curiren können. Würden sie diese Arbeit unterlassen, so stände das Geschäft still. Aber dieses Geschäft ist im Gegensatze zu jeder andern Weise der Praxis gerade ein glückliches. Wohl erleichtert die geübte Praxis des Prüfens Manches. Durch die Zurückführung der Arzneiwirkungen auf die Zellen und Atome wird sich überdies ein bedeutendes Licht über die Arzneierscheinungen verbreiten. Hierdurch wird namentlich das Verständniss und die Verwerthung der Symptome sehr gefördert werden. Indess wird auch hierdurch die Arbeit lohnender, so besteht doch die ganze Mühe des Prüfens fort. — Es ist endlich selbst keine kleine Mühe, die Symptome jedes Mittels dem Gedächtnisse durch fleissiges Nachschlagen und geflissentliches Bearbeiten einzuprägen und sie geläufig zu erhalten. Auch machen ja schon die Vergiftungssymptome der verschiedenen Gifte dem Gedächtnisse Last genug.

Die Noth freilich ist das Beste. Wer einen abnormen Zellen- und Atomenzustand richtig und erfolgreich beseitigen will, der muss das specifische Mittel kennen. Dieses aber ergiebt die Arzneiprüfung. Somit muss geprüft und die Symptome müssen in's Gedächtniss aufgenommen werden. Ein Homöopath ohne Kenntniss der Arzneiwirkungen ist eine Unmöglichkeit, und ein wahrer Heilkünstler in der Homöopathie muss ganz in den Arzneiwirkungen leben. Letzteres geschieht thatsächlich vielfach. Aber es geschieht, weil die Noth auch empfunden wird und weil Lust und Eifer zu ihrer Ueberwindung erwachen. Nun aber blicke man auf die Abneigung der Allopathen gegen das Arzneiprüfen und erkläre sich selbst diese Abneigung gegen ein Studium, das mindestens zur allgemeinen Bildung des praktischen Arztes gehört.

Wer aber endlich in den Arzneiprüfungen und in andern Theilhandlungen der Homöopathie an Einzelnem unbesieglichen Anstoss nimmt, dem sei ein für alle Male bemerkt, dass er gar nicht die Homöopathie nachahmen, sondern nur eine Cellular- und Atomentherapie annehmen und selbständig zur Ausführung bringen soll. Alles Andere wird dann Nebensache sein.

§. 10. Similia Similibus.

Ein wichtiges Resultat aller Arzneiprüfungen ist, dass die Mittel Erscheinungen ergeben, wie sie auch in Krankheiten oder spontan an gesunden Menschen oder als regelrechte Functionen der Organe und Gewebe vorkommen, — Erscheinungen von demselben Typus. Fliederthee z. B. bringt einen ähnlichen Schweiss hervor, wie er auch spontan entsteht.

Rheum und Senna machen Durchfall, und Durchfall entsteht auch durch Krankheitsursachen. Chamomilla macht eine Parulis, die auch durch andre Ursache veranlasst wird etc. Die Mittel wirken auf die Gewebe, in diesen auf deren specifische Zellen, und in letzteren auf deren Theile. Aus dieser Wirkung kann daher nur eine Folge herauskommen, wie sie aus der Beschaffenheit der Atome und Zellen und aus der ganzen Beanlagung des getroffenen Gebildes hervorgehen kann und zwar in einer Eigenthümlichkeit, die der einwirkenden Ursache entspricht. Somit weisen die Arzneisymptome jedes Mittels auf die berührten Zellen und auf die Natur des Mittels hin. Und indem die Mittel ähnliche Zufälle (Zufälle derselben Gattung oder gar Species) erzeugen, wie auch die Krankheitsursachen, so geben sie kund, dass sie dasselbe Organ und Gewebe und dieselben Zellen und Atome treffen, die auch von den Krankheitsursachen getroffen werden.

Die beim Arzneiprüfen angewandten Mittel lehren demnach ihrerseits den Sitz einer krankhaften Affection kennen und machen es möglich, auf diesen Sitz zu wirken. Dies ist ein bedeutender Schritt für die Therapie. Und wir kennen ja auch heute nicht die kranke Stelle bis zu den Zellen und Atomen hin so genau, als sie das Mittel findet. Wie also wollten wir die kranke Stelle treffen, wenn es nicht das Mittel thut, und wie wollten wir dies wissen, wenn wir es nicht in Folge der Mittelprüfungen durch die ähnlichen Arzneisymptome zu erkennen suchen! Wohl habe ich erst diese Wahrheit herausgefunden, aber die Entdeckung selbst gehört Hahnemann an, wenn gleich dieser sie noch nicht erkannte.

Indem Hahnemann sein Curverfahren auf Grund der Arzneiwirkungen selbstbewusst handhabe, richtete er also seine Mittel gegen die afficirten Zellengruppen. Dies heisst: er nahm das Mittel, welches dieselben oder ähnliche Erscheinungen bei der Prüfung ergab, wie die Krankheitsursache und die Krankheit sie hervorbringen. In Folge dessen traf er und musste er die erkrankte Stelle treffen. Und hiermit hatte er Alles erfasst. Aber weil Hahnemann in dem Wirken des Mittels noch nicht das Treffen der kranken Stelle erkannte, so hielt er sich nur an die Aehnlichkeit der Arznei- und der Krankheitserscheinungen. Und diese Aehnlichkeit suchte er immer vollkommener zu gewinnen. Denn begreiflich; je allgemeiner und weniger scharf die Aehnlichkeit ist, um so mehr trifft das Simile auch die erkrankte Stelle nur erst im Allgemeinen und weniger scharf. Und das Verlangen nach glücklichen Curen trieb somit Hahnemann zu einem Simile im engeren und engsten Sinne, zu einem Simillimum. Dies suchte und fand er, und mit vollem Rechte konnte er sein „Similia Similibus" aufstellen. Aber man muss diesen Satz auch in seinem wahren Sinne verstehen.

Es ist klar, dass das Mittel um so präciser die erkrankten Zellen und Atome treffen wird, je mehr es in hohem Grade ähnliche Zufälle ergiebt, als eine Krankheitsursache in der Gestalt einer Krankheit veranlasst. Aber es leuchtet auch ein, dass Hahnemann mit seinem Simile und Simillimum nur erst sehr präcis die erkrankten Zellen und Atome wirklich traf und zunächst mittelst dieses leitenden Satzes nichts Anderes erlangen konnte.

Rademacher richtete in unsren Tagen die Mittel auf Grund des usus direct gegen die erkrankten Organe und liess sie hier machen, was Gott ihnen bestimmt hatte, und Hahnemann richtete mit Hülfe des Simile die Mittel gegen die erkrankten Zellen und Atome (in seinem Sinne gegen die „Lebenskraft") und musste sie auch hier vollbringen lassen, was ihnen beigelegt und an jenen Gebilden ermöglicht ist. Der Unterschied zwischen beiden Männern gestattet gar keinen Vergleich.

Indess Hahnemanns rationelles Curverfahren war hiermit bereits auch schon an seinem Ende angelangt. Er hatte es nur dahin gebracht, die erkrankten Elementartheile sehr genau zu treffen. Und dies war eine ungeheure That. Bloss das Simile hatte ihm hierzu verholfen. Und wer für alle und die fernsten Zeiten die erkrankten Theilchen direct heilend berühren will, der muss beim Simile und Simillimum verbleiben. Denn nur Solches trifft den Sitz der Krankheit in der möglichst zuverlässigsten Weise.

Sah sich aber Hahnemann plötzlich in der bedrängendsten Schwierigkeit in Betreff der weiteren Ausführung seines Curverfahrens, so kam ihm doch schnell der Gedanke zur Hülfe, sein Simile durch Verdünnung zu schwächen (was er freilich noch „verstärken" nannte), und hiermit konnte er sein Curverfahren retten und zu einer, wohl nicht geahnten, Ausdehnung und Ausbreitung bringen.

Die Frage nach dem Heilungsvorgange, d. h. nach der Weise, wie das die erkrankten Zellen und Atome mittelst seiner ähnlichen Erscheinungen präcis treffende Mittel in der That wirke und wirken müsse, um die Störung jener Elementartheile dabei auch zu heben, — diese Frage ist mithin noch eine offene. Man sollte den Grund wissen, warum eine erkrankte Zelle durch ein Mittel und zwar namentlich durch ein sie direct und präcis treffendes Mittel zur normalen Thätigkeit zurückgeführt wird. Es kann Solches durch den Ersatz eines Fehlenden und überhaupt auf dem Wege der Ernährung geschehen. Indess von den meisten Mitteln kann man gar nicht sagen, dass sie ernährend wirken, und dennoch heilen sie. Und wenn wir daher von der durch die etwaige Ernährung ausgeübten Heilwirkung absehen, so sind wir ganz ausser Stande, über den Heilungsvorgang beim Berühren der erkrankten Zellen irgend etwas Positives auszusagen. Wir kennen — abgesehen von etwaiger Ernährungsstörung — den abnormen physikalischen Zustand der krankhaft thätigen Zelle nicht und wissen nicht, auf welche Weise jener Zustand bei unseren glücklichen Curen gehoben wird und wie er gehoben werden muss. Somit können wir nicht wissen, nach welchem Gesetze wir die Mittel gegen die physikalische Störung selbst, wie sie an der Zelle besteht, zu richten haben, und für die rationelle Abhülfe ist demnach bis jest noch aller Weg versperrt.

Aber das directe Curverfahren bleibt dennoch bestehen, und auch die Wahl nach dem Simile und Simillimum bleibt. Denn das Simile ermöglicht uns nur, die erkrankten Zellen direct an ihrem Sitze und möglichst präcis zu treffen. — Weil die Homöopathie in der That eine Cellular- und Atomentherapie ist und von Anfang an trotz aller vermeintlichen Theorie Hahnemann's eine solche war, so ist ihr Curverfahren gerettet und sogar zu einem allgemeinen erhoben.

Es fruchtet daher nichts, irgend zu ersinnen, wodurch das Simile die bestehende Zellenstörung aufhebe. Man konnte sich solche Versuche erlauben, so lange man nicht erkannte, dass das Mittel durch die Aehnlichkeit seiner Wirkung nur präcis dieselbe Stelle trifft, welche die Krankheitsursache traf, — eine Erkenntniss, die erst vom Standpuncte der Cellulartherapie möglich ist und klar wird. Wir können somit alle Erklärungsversuche des Simile übergehen. Dennoch drängt sich der Gedanke auf, es müsse durchaus die ähnliche Beschaffenheit der Wirkung des Mittels Antheil an dem Heilungsvorgange haben. Sollte dies wirklich der Fall sein, so kann ich nur auf die bereits oben ausgesprochene Ansicht verweisen, dass das Verwandte (und dabei irgend sehr Verdünnte) den bestehenden Reizzustand am mildesten berührt und keine neue abermalige oder gar verschiedenartige Reizung hinzubringt. Wäre dies richtig, so würde das heilende ähnliche Mittel nur als der unschädlichste Körper, der an den rechten Fleck gelangt, zu betrachten sein, unter dessen Einwirkung die gestörte Zellenthätigkeit oder die bestehende physikalische Störung der Zelle sich von selbst corrigirte und nicht durch das Mittel corrigirt würde. Indess sei dies nur so ein Gedanke! Denn es ist hier nicht meine Aufgabe, durch Nachdenken und forschendes Untersuchen Etwas hervorzubringen, sondern nur das Wesen der Homöopathie wahrhaft wiederzugeben und darzulegen. —

Man kann den Satz des Simile durch gröbere Beispiele belegen. Durch Feuer kann man sich verbrennen, und durch abermalige Berührung der circumscripten Brandstelle (nicht etwa der gesunden Umgebung) kann man die Verbrennnng auch heilen (Aequalia äqualibus). Die Verbrennung kann man gleichfalls durch heisses Wasser und durch warmen Weingeist und warmes Terpenthinöl heilen. Den durch Spirituosa veranlassten Rausch kann man durch Weingeist aufheben. Die Folgen des Drucks, z. B. einer Quetschung kann man durch Druck (durch Zusammenpressen mit der Hand oder mittelst Binden) heilen etc. Indess die Beispiele wiederholen nur den allgemeinen Satz in der Gestalt von Thatsachen und erklären nicht. Und auch diese ordinären Fälle erfordern eine gründliche Untersuchung. Der methodische Druck bei Quetschungen ist ein Simile und er nützt. Er hält die Gefässüberschwellung ab und verhütet dadurch die üblen Folgen, die aus der Blutüberfüllung sogar auch für die geschädigten Gefässmuskeln selbst hervorgehen würden. Dabei ermöglicht er in jeder Hinsicht durch Verzögerung und Beschränkung der Thätigkeiten eine spontane Restitutio in integrum. Aber heilend auf die physikalischen Störungen in der Gefässmuskelzelle wirkt er wohl nicht: Oder sollte er etwa, wie die dislocirten gröberen Theile, gar die dislocirten Atome selbst zurecht schieben? Die genannten und die beliebten Beispiele gehören übrigens meistens zu den directen äusseren Curen, die durch die Uebergewalt des Mittel vollzogen zu werden pflegen, und sie gestatten daher als solche nicht einmal einen Vergleich mit den inneren Curen. Genug, um mehr zu wissen, als ich ich hier gesagt habe, muss die Homöopathie, während sie sich in ihrer Praxis nicht beirren lässt, freie Untersuchungen machen oder machen lassen, und die Wissenschaft muss ihren ganzen Eifer der Forschung in Betreff des Lebens der Zelle und Atome aufbieten.

Was aber auch einstmals in dieser Hinsicht zu Tage komme, die bisherigen Errungenschaften bleiben und das bisher gewonnene Curverfahren ist sicher gestellt. Wer Arzt sein will, muss also die Arzneien genau und reichlich prüfen, und wenn er die erkrankten Zellen und Atome, kurz die Krankheit am rechten Fleck treffen will, die geprüften Mittel nach dem Simile und Simillimum wählen; und wenn dann das Mittel dabei, wie es wirklich geschieht, die bestehende physikalische Störung der Zelle selbst aufhebt oder hieran irgend betheiligt ist, so hat er dies als eine noch unerklärte Zugabe gleichzeitig. Bei den Ernährungsstörungen ist jedoch dieser Ausgleich bereits bekannt.

Jede Einwendung, die nun in Betreff der bestehenden Unbekanntheit des Heilungsvorganges innerhalb der Zellen erhoben wird, zerfällt. Denn auch bei dem indirecten Curverfahren übt der Arzt eine Cellular- und Atomentherapie aus, und wusste er dies nicht einmal und kennt auch noch nicht den dabei innerhalb der erkrankten Zellen sich vollziehenden Heilungsvorgang. Und jeder Arzt macht auch directe Curen, z. B. mittelst China und Arsenik bei Wechselfiebern. Aber indem er sich dabei nicht nach dem homöopathischen Verfahren richtet, gelangt er nicht zum Ziele, sondern häufig auf unglückliche Wege. Indem entbehrt er, abgesehen in mancher Hinsicht von den Ernährungscuren, jegliches Verfahren der Mittelwahl, während die Homöopathie nicht bloss eine sogenannte Maxime der Formübereinstimmung, sondern in der That das sogenannte „Gesetz" bietet, nach welchem die erkrankte Stelle, also der rechte Fleck, selbstbewusst getroffen wird.

Endlich aber verspricht die Homöopathie von ihrer Aehnlichkeits-Mittelwahl den besten Erfolg für die Cur. Nun weiss ich zwar leider allzugut, was an dem gebrechlichen Menschenleibe und an dem oft sehr verkommenen Geschlechte der Kranken das Heilenwollen auf sich hat. Indess das Versprechen der Homöopathie bewährt sich in der That in einem ungewöhnlichen Masse und in einem eclatanten Grade.

Es ist jedoch die Auswahl nach dem Simile oft sehr schwer. Indem aber die Aerzte ihre Erfahrungen austauschen oder veröffentlichen, wird Manchem Vieles erleichtert.

Darf man sich also gar nicht nach dem Heilerfolge richten, ex usu urtheilen? Nein! Man kann aber den irgendwie wahrgenommenen Heilerfolg zum Ausgange einer Untersuchung machen, nach deren Ergebniss dann über die Zulässigkeit eines Mittels entschieden wird. Widrigenfalls macht man nur eine Nachahmung auf Grund der Tradition. Und dies ist unwissenschaftlich, da man aus Princip und Erfahrung weiss, dass ein irrationell gewähltes Mittel keinen constanten Erfolg geben kann. Statistische Ergebnisse veranlassen nur erst zur Prüfung an Gesunden. Ich berühre noch folgenden Gedanken. Vom Standpuncte der „schlummernden Krankheiten" ist vielleicht gesagt worden oder könnte gesagt werden, dass die Homöopathen durch ihre Arzneiprüfungen diejenigen Symptome zu gewinnen suchen, welche von dem Mittel an den im Körper schlummernden Krankheitszuständen angeregt werden, und dass diese selbigen offen aufgetretenen Zustände es sind, welche sie dann durch dasselbe Mittel beseitigen. Indess solche Aufstellung ist eine unrichtige. Wohl giebt es schlummernde Zustände, und sie werden auch durch verschiedene Einflüsse aufgeregt. Aber die ausgesprochene Ansicht ist unwahr und gar nicht durchführbar. Wird dieselbe richtig aufgelöst, so zerfällt sie vollkommen. Uebrigens kann ich aus der Erfahrung bezeugen, dass kein Homöopath sich nach solchem „Fingerzeige" richtet. Vielmehr haben die Homöopathen gewissenhaft das Simile in jedem Falle gesucht, um mittelst desselben zu heilen. Und die Homöopathie stellt entschieden die Forderung auf, das Simile oder gar das Simillimum zu finden, und sie erkennt in dem besten Auffinden des Simile die Meisterschaft in der Beurtheilung der Mittel.

Die Frage nach der Wahl des Mittels und nach dem Heilungsvorgange innerhalb der krankhaft thätigen Zelle ist die schwierigste in der Homöopathie, wie in jeder Therapie. Aber auch die Entdeckung des Sternenlaufs war schwer und die Astronomen haben diese Aufgabe dennoch gelöst, wie in Whewell's Geschichte der inductiven Wissenschaften zu lesen ist. Und mit welchem rasenden Fleisse hat Keppler gearbeitet! Solches Arbeiten ist noch nicht über die Therapie gekommen. Die rechte Forschung und Gedankenthat hat sich des Simile und vieler anderen Fragen noch nicht angenommen. Hahnemann war durchaus nur ein entdeckender Praktiker und die Homöopathen arbeiten bloss sehr fleissig im Arzneiprüfen und in Curversuchen mittelst des Arzneistoffs und seiner Verdünnungen. Mehr kann auch der Homöopath als Praktiker nicht leisten. Darum aber fehlt nicht nur das, was die Naturforschung hier an den in Betracht kommenden Elementargebilden noch aufzudecken vermag, sondern es fehlt auch die Gedankenverarbeitung der praktischen Resultate. Beides fehlt auch der Allopathie. Aber dieser Mangel wird gerade der Homöopathie zum Vorwurfe gemacht, eben weil sie das Bessere hat.

Ich fasse die ausgesprochene Lehre kurz zusammen. Bei den Stoffersatzcuren wird das Mittel nach dem chemischen und anatomischen Thatbestande gewählt, und, soweit das Mittel ein Zellenreizungsmittel gleichzeitig ist, muss dies bei der Wahl berücksichtigt werden. Bei den Zellenreizungs- oder Zellenumstimmungscuren wird der Heilstoff nach dem anatomischen und pathologischen Befunde gewählt, und um hier im directen Curverfahren die erkrankten Zellengebilde zu treffen, muss uns das Simile dienen, welches ja dieselben Zellengebilde berührt, die von der Krankheitsursache getroffen sind. Man wählt aber das Simile nicht bloss, um präcis die sogenannte Krankheit d. h. die abnorm thätigen Gebilde, von denen die Krankheitserscheinungen ausgehen, zu treffen, sondern auch um ein Mittel zu haben, das die Berührung dieser Gebilde in einer nicht abweichenden Beschaffenheit ausübt, wodurch es eine neue, feindliche Reizung ausüben könnte.

Gern hätte ich diese neue Ansicht hier nicht ausgesprochen, aber bis jetzt ist es ohne dieselbe absolut nicht möglich, das Wesen der Homöopathie klar und durchsichtig genug vorzulegen und das Curverfahren der Homöopathen in einer Weise darzustellen, die unantastbar erscheint und die wirkliche Wesenheit desselben zum vollen Ausdrucke bringt. Denn gewiss giebt es eine qualitative Verschiedenheit in der Wirkung der Mittel. Die Zellenreizungen, welche von Belladonna und Opium oder von Aconit und Strychnin etc. ausgeübt werden, sind allzu schreiend verschieden. Auch soll das Studium der verschiedenen Qualitäten der Mittel nicht im Mindesten Abbruch erleiden, und es wird überdies durch meine Auffassung gar nicht einmal beeinträchtigt. Denn gerade das Simillimum trifft die erkrankte Oertlichkeit am präcisesten. Dagegen können wir von der blossen Qualitätsverschiedenheit der Mittel beim Curverfahren noch keine Anwendung machen, eben weil wir den Heilungsvorgang innerhalb der Zellen und die von den Mitteln an den Zellen veranlassten physikalischen Veränderungen noch nicht kennen. Wir können somit hierauf keine Indication gründen. Und weil uns diese Indication zur Mittelwahl, wie zum vollkommneren Heilen fehlt, so müssen wir die Indication auf die blosse Localität der leidenden Zellen beschränken. Hierdurch bekommt auch der Anfänger einen klareren Blick, selbst der Geübtere erhält eine festere Richtung, und — was die Hauptsache ist — die Theorie wird gegen jeden Angriff sicher gestellt. Während wir aber das specifische Mittel in bescheidener Weise nur zum Treffen des rechten Flecks dienen lassen, steht es uns nicht nur frei, sondern es ist sogar die Pflicht des kundigen Homöopathen, die qualitative Verschiedenheit der Mittel und die qualitative Uebereinstimmung zwischen den Arzneisymptomen und Krankheitssymptomen zu verfolgen. Denn gelangt er einerseits dadurch immer genauer zur Kentniss der ergriffenen Zellen, so vervollständigt er andererseits dadurch die Forschung und bahnt den Weg zur Erkenntniss dessen, was in den ergriffenen Zellen von Seiten der Krankheitsursache, der angeregten Störung und des Heilmittels vorgeht. Sein Studium in dieser Hinsicht bricht den Pfad zu dem noch fehlenden Theile der Indication. Auch meine ich in der That gesehen zu haben, dass Homöopathen durch ihre feine Wahl des Simillimum nicht bloss präcis die Localität der ergriffenen Zellen trafen, sondern dass sie auch das Quale der Affection durch das Quale des Mittels berührt zu haben schienen. Aber es geschah dies in der That auch nur durch glückliche Combinationen der Phantasie, die für sie selbst noch unaussprechbar waren. Darum konnte ich auf das Quale als solches keine allgemeine Theorie gründen. Solche Combinationen der Phantasie sind übrigens erlaubte Denkacte, und sie sind jedem Suchenden — je nach dem Falle — bis zur subtilsten Feinheit gestattet. Der wahre Forscher macht sie; aber der nicht forschende praktische Arzt verschmäht und verachtet sie, weil er sie nicht machen kann.

In Bezug auf die Localität der von den Mitteln und von den Krankheitsursachen getroffenen Zellengebilde und in Bezug auf den Einfluss der specifischen Verschiedenheit der Zellen muss ich mir endlich noch eine Bemerkung erlauben. Pulsatilla und Chamomilla ergeben ganz verschiedene Zahnschmerzen. Bevor man jedoch bloss hieraus ein verschiedenes Quale dieser Mittel, das unläugbar existirt, entnimmt, muss man erst das Ergebniss der Ortsdifferenz in der Wirkung dieser beiden Mittel abtrennen. Denn auf einen andern Gefässbezirk wirkt Pulsatilla und wiederum auf andere Gefässmuskelzellen im Bereich des Zahns wirkt Chamomilla. Die beiden Wechselfiebermittel, China und Arsenik, wirken auf verschiedene Bezirke etc. etc. Geht alles von den Zellen und Atomen aus, so kommt die verschiedene Beanlagung dieser Gebilde an den verschiedenen Körperstellen zuerst in Betracht.

Das Treffen des richtigen Flecks durch das Simile innerhalb eines

Krankheitsheerdes ist also die **erste** und **allgemeinste** Indication, innerhalb welcher es dann sogar mehrere engere und schärfere Indicationen geben kann. — In dem Verfahren nach den Symptomen aber wird man nun nicht das symptomatische Handeln der Allopathen, sondern das richtige Verfahren nach den Erscheinungen als den Aeusserungen der zum Grunde liegenden elementaren Störung erkennen.

§. 11. Die Ausdrücke: contra, Reaction und specifisch.

Wenn wir Eis auf eine entzündete Stelle auflegen, so haben wir an dieser Stelle ein Schwellendes (geschwellte Gefässe) und in dem Eise ein Contrahirendes. Schwellung der Gefässe und Contraction der Gefässe sind aber die beiden Arten in dem Verhalten der Gefässe, und diese Arten stehen im Gegensatze. Von solchem conträren Gegensatze können wir nicht überall reden. Viel häufigcr ist der Gegensatz des Seins und Nichtseins, des Gewollten und des Nichtgewollten, und in **unserer Absicht** liegt bei allen Curen ein Kampf **gegen** das, dessen Anwesenheit nicht sein sollte. Somit hat der Arzt **immer** ein Contra im Sinne, und innerhalb der Zellen wirkt das direct treffende und ähnlich wirkende Mittel auch in unserm Sinne „contra".

Wie lange ferner sollen wir uns mit Fremdwörtern und mit Wörtern, die einer unreiferen Auffassung angehören, herumschlagen! Das Wort „Reaction" giebt nicht die mindeste Klarheit. Es bezeichnet das Auftreten der Thätigkeit eines thätigen Körpers in Folge eines Reizes und entsprechend diesem Reize, also die **Folge** einer Einwirkung auf einen mit eigner Thätigkeit begabten Körper. Der Schlafende giebt Thätigkeitserscheinungen von sich (reagirt), wenn wir ihn zu wecken suchen, und das Streben der einen Volksparthei veranlasst Gegenbestrebungen einer andern Parthei. Nun aber denkt man sich, die durch das Mittel ausgeübte Wirkung veranlasse eine Reaction gegen die Krankheit oder die durch ein Mittel angeregte Zellenthätigkeit reagire gegen die bestehende anomale Thätigkeit derselben Zelle. Diese Uebertragung des Wortes „Reaction" auf den Vorgang beim Erkranken und Heilen führt zur Unklarheit. — Ein Anstoss macht die Zelle krank, ein anderer hebt diese Krankheit; aber der Mechanismus hierbei ist uns unbekannt Wir nehmen als Zusammenhangsglied physikalische Veränderungen an, die mit dem einen und anderen Anstosse jedesmal entstehen, so dass der heilende Anstoss die durch den krankmachenden Anstoss entstandene physikalische Veränderung aufhebt, worauf die normale Thätigkeit wieder frei wird.

„Specifisch" kommt von speciem facere; es heisst: eine Art bildend, und dies Wort ist ein Bruchstück des ehemaligen logischen Denkens in der Schule. Es verräth dies Wort, dass man die Erscheinungen begrifflich aufzufassen versucht hat, und in dieser Beziehung muss dies Wort bleiben. Denn begriffbildend gewinnt man Erkenntnisse, wenn auch die Begriffe nur erst Beschreibungsbegriffe sind. Man muss Orts-Specifica und Qualitäts-Specifica unterscheiden. Die Orts-Specifica beziehen sich nicht auf die Organe und Gewebe im Ganzen, sondern auf deren Zellen und Atome je nach ihrem Sitze und also auch je nach ihrer eigenthümlichen Begabung an den verschiedenen Stellen des Körpers. So lange man beide Arten nicht trennen kann, muss man beide noch zusammenfassen und durch dies Ganze das Unterscheidende in der Wirkung der Mittel gewinnen. — „Specifisch" bedeutet aber auch das „rechte" Mittel. Dies hat jedoch nur Sinn, wenn man annimmt, dass die Erscheinungen der Krankheit und die Symptome eines für dieselbe richtigen Mittels Eins sind, einerlei, von einerlei Species sind. Somit hat in dieser Bedeutung das Wort „specifisch" nur Sinn in der Homöopathie und bildet ausserhalb derselben immer einen Anklang an die Homöopathie. In dieser aber und in aller wahren Therapie ist im Allgemeinen das rechte Mittel das Simile. Insofern man nun in dem Wesentlichen der Krankheitssymptome und der Arzneisymptome wesentlich dieselben Erscheinungen hat, kann man jene durch diese und umgekehrt bezeichnen, also die Namen des Gemeinten vertauschen. Aber „individualisiren" findet streng genommen nicht statt. Dies Wort bedeutet hauptsächlich nur: genaues und eindringendes Unterscheiden.

§. 12. Post hoc, ergo propter hoc.

Aus der Heilung einer Krankheit kann ohne Weiteres nicht geschlossen werden, dass das angewandte Mittel geholfen habe. Solches thut auch die Homöopathie nicht. Indem diese von ihren Arzneiprüfungen an den Gesunden ausgeht, hat sie vielmehr hierin eine Basis, die in dem Maasse ihr eine wissenschaftliche Festigkeit giebt, als die Arzneiprüfungen (und alle dazu gehörigen Vorversuche) exact sind. Indem sie ferner nur einen Stoff als Heilmittel verordnet, hat sie sich das Urtheil über ihr Experiment wesentlich erleichtert. In der That, wenn der Homöopath seinen Heilstoff, den er durch seine Versuche zuvor genau kennen gelernt hat, verordnet, so besitzt er eine Handhabe, wie sie kein anderes Curverfahren je gehabt hat. Denn er kennt die Symptome dieses Arzneikörpers und er kann dem Mittel daher folgen, während dieses den Organismus durchkreist. Und wenn er gar sein Mittel auf Grund des Simile einverleibt, so gelangt, bei richtigem Verfahren, das Mittel an die kranken Zellen, und wenn nun auf das Mittel eine Veränderung der Krankheit folgt, so hat er den Beweis, dass das Mittel (als der Thäter in gutem oder üblem Sinne) an Ort und Stelle der That (der Krankheit) zugegen gewesen ist. Einen solchen Beweis hat noch keine andere Therapie beigebracht, und solcher Beweis ist in allen Gebieten wichtig. Der Homöopath aber bringt diesen Beweis dadurch, dass er zeigen kann, dass das Mittel in den gesammten vorhergegangenen Prüfungen an jene Stelle gegangen ist und dass seine Eigenthümlichkeit gerade darin besteht, an jene Stelle zu gehen und die Erscheinungen zu veranlassen, die hier möglich sind. Er hat an dieser Stelle das Mittel wirken sehen. Er hat an derselben Stelle in Folge einer Krankheit ähnliche Erscheinungen schon beobachtet, wie sie das Mittel hier vollbringt. Und er hat dann in andern Fällen wahrgenommen, dass diese selbigen Krankheitssymptome nach demselben Mittel, sogar oft in überraschender Schnelligkeit, verschwinden und zuweilen auch wohl dabei vorher noch sich steigern. Und jetzt also erkennt er hell, was das Mittel gethan hat. Er erkennt dies um so mehr, je mehr er in den Arzneiprüfungen bewandert ist, die ihn allein befähigen, dem Mittel im Körper genau zu folgen. Und je vollkommner der Arzt durch alle Vorstudien hierzu ausgebildet ist, um so weniger bedarf er des „spontanen Verlaufs" der Krankheit, um zu urtheilen, und um so mehr nähert sich sein Wissen dem begrifflichen. Doch bei der möglichen Gefahr des Irrthums und um jede Ueberschätzung des Wissens zu verhüten, möchte ich dennoch das Stadium des spontanen Krankheitsverlaufs nimmer vernachlässigt sehen.

Nur das begriffliche Denken giebt Klarheit und Wahrheit und auch Gerechtigkeit. Und das homöopathische Verfahren nähert sich dem Begrifflichen. Denn der Homöopath sucht den Charakter d. h. den Begriff des Mittels, und er sucht den eigenthümlichen, den specifischen, den der vorliegenden Species zukommenden Charakter der Krankheit. Es giebt z. B. Krankheiten mit nächtlicher Verschlimmerung. Diese nächtliche Verschlimmerung ist etwas Eigenthümliches und kennzeichnet eine Species der Gattung. Der Phosphor in der Prüfung an Gesunden giebt nächtliche Erscheinungen und sogar Brustkatarrh mit nächtlicher Exacerbation. Nun wendet der Homöopath den Phosphor an. Und wirkungslos bleibt seine kleine Gabe nicht. Dann heisst es freilich in nichtssagender Rede: die Natur habe geholfen, oder es sei von selbst gekommen. Indess wer die am lebenden Individuum sich darstellenden Eigenthümlichkeiten oder die lebenden Species der Krankheiten und wer die Mittelwirkungen kennt, der weiss, dass der Phosphor die nächtliche Verschlimmerung und mit ihr das Leiden selbst und zwar letzteres ganz oder doch in seinen Hauptzügen gehoben hat.

Auf dieses Gewinnen der Species am Lebenden, muss vor Allem die Aufmerksamkeit gelenkt werden.

Aber die Erscheinungen in dem erwähnten Beispiele müssen auf die

Zelle (und in dieser auf die Atome) zurückgeführt werden. So schwer und complicirt auch diese Arbeit ist, so wird sie doch einstmals ausgeführt werden.

Der Brustkatarrh beruht auf einer abnormen Gefässthätigkeit und diese auf einer gestörten Thätigkeit der Gefässmuskelzelle, deren Störung wieder ihre Ursache hat, aber ein selbständiges Ganzes geworden ist. Diese Läsion der Zelle ist eine begriffliche Einheit, und eine Species dieser Einheit ist diejenige Läsion, aus welcher die nächtliche Verschlimmerung hervorgeht. Eine Entzündung mit nächtlicher Verschlimmerung ist also eine besondere Art der lebenden Krankheit und wird durch ein besondres Mittel gehoben und durch dasselbe auch vorläufig gekennzeichnet. — Indem die Homöopathie solche Erkenntnissgänge macht, strebt sie ein begriffliches Wissen selbst dann an, wenn sie auch noch nicht bis auf die Zellen zurückgeht. Und ist auch dies begriffliche Verfahren noch unvollkommen, so existirt es doch jetzt und zwar in einer früher nie gekannten und in einer zur wahren Wissenschaft führenden Weise. Diese noch unvollkommenen Begriffe von den Krankheitsarten und ihren Mitteln haben ihren Werth, weil sie auf dem Boden der Thatsachen bleiben. Der Homöopath (und jeder Cellulartherapeut) arbeitet in Begriffen etwa in ähnlicher Weise und in ähnlichem Grade, wie der Chemiker in Begriffen an seinen Thatsachen sich bewegt; aber der Therapeut hat dabei ein begrifflich und thatsächlich noch schwierigeres Arbeitsgebiet vor sich. Die gewonnenen begrifflichen Einheiten verwendet er dann deductiv bei der Mittelwahl und bei dem Heilversuche. Wer dürfte da noch reden von roher Empirie!

In Folge dieses Verfahrens kann der Homöopath seine Erfolge vorhersagen und die Aussagen der Kranken auf ihren Wahrheitswerth beurtheilen. Er kann entscheiden, ob der Kranke das Mittel auch wirklich genommen hat. Er kann durch den Erfolg in hohem Grade die Theorie bestätigen, so wie für andre Fälle den Erfolg verwerthen. Und nur der gründlich gebildete Homöopath kann in der Therapie über das „post hoc, ergo propter hoc" in dem zur Zeit möglichen Grade bis jetzt allein entscheiden.

Meine Aufgabe ist, hier überzeugend das Wesen der Homöopathie vorzulegen. Und ich meine, nicht überzeugender reden zu können. Denn ich zeige, dass Jedem nur die zweifache Wahl bleibt: entweder trotz aller naturwissenschaftlichen Gelehrsamkeit bei dem, aller Logik hohnsprechenden und nur zufällig einen erhaschten Erfolg gebenden, traditionellen Verfahren zu beharren, oder sich zur Cellulartherapie hin durchzuarbeiten. Der Weg zur letztern aber führt, wie man es auch beginnen möge, jetzt nur noch durch die Homöopathie. Denn die Homöopathie ist eine, unbewusst mittelst des directen Mittels ausgeübte, Cellulartherapie von Anfang an gewesen. Ueberzeugend habe ich dies dargethan. „Ueberzeugung" aber ist das Erhabensein, über Zeugen. Und über das Zeugniss Andrer ist man erhaben, wenn man von den Begriffen oder doch von den klar erkannten Erscheinungen, in denen die noch unerfassbaren Begriffe liegen, ausgehen kann. Gleichwie der Chemiker in Erscheinungen sich bewegt, die den noch unerfassten Begriff enthalten, und überzeugungsvoll von Thatsachen auf Thatsachen fortschreiten kann, so auch der homöopathische Arzt, und zwar um so mehr, je mehr er sich an die Zellen und Atome hält.

§. 13. Die Gabengrösse.

Als Hahnemann sein „Similia Similibus" gefunden hatte und hierdurch die kranke Localität gut treffen konnte, erkannte er auch bald, dass die Heilstoffe in besonderer (in geschwächter) Gabe der Krankheit entgegengestellt werden müssen. Und er gelangte hierbei auf seine Verdünnungen, die er nach der, bereits auf andren Gebieten üblichen, Centesimaleintheilung ausführte. Hätte Hahnemann nur die Absicht gehabt, den Arzt vom Apotheker unabhängig zu machen und ihn zum Selbstdispensiren zu bringen, so hätte er nicht zweckmässiger verfahren können, als er mit der Bereituug seiner Essenzen und Verdünnungen und mit der Wahl des Milchzuckers und des Weingeists zu letzteren verfuhr. Ihm lag jedoch in Wirklichkeit zunächst nur daran, dem Mittel alle nachtheilige Wirkung zu benehmen und es für den vorliegenden Krankheitszustand angemessen zu machen. Zu diesem Behufe musste er die Empfindlichkeit des Organismus und der erkrankten Theile erkannt haben. Denn ohne einen tiefen Blick in die enorme und oft gar nicht vorher zu bestimmende Empfindlichkeit hätte er gar nicht auf das Verdünnungsverfahren gelangen können. Ich übergehe daher auch dessen unrichtige Ansicht vom „Potenziren". Ich habe überhaupt nicht mit Hahnemann's Ansichten, sondern nur mit dessen zu Tage geförderten Thatsachen mich hier zu beschäftigen und von diesen Thatsachen nach dem heutigen Stande der Wissenschaft zu reden. Es ist jetzt eine feststehende Wahrheit, dass die Zellen des Körpers eine Empfindlichkeit besitzen, die sich ohne die Erfahrung gar nicht einmal hätte erahnen lassen, — eine Empfindlichkeit für Reize, die dem Gattungs- oder Species-Charakter der Zellen angehört, durch Krankheitszustände eine bedeutende Veränderung erleiden und durch besondere ursächliche Verhältnisse einen wahrhaft übermässigen Grad erreichen kann. Obgleich es Beispiele hierfür in Masse gab, so wurden sie doch nur als sogenannte Hypochondrie und Hysterie aufgefasst und dadurch abgethan. Somit wuchsen die Aerzte heran, ohne die Empfindlichkeit des menschlichen Körpers für ihre Arzneien kennen zu lernen, und sie waren fähig, in Bezug auf die Menge des einzuverleibenden Arzneistoffs alle Menschen nach einem Massstabe zu beurtheilen, der die Nachwelt einstmals mit Erstaunen erfüllen muss. In dieses leichtfertige Abschätzen der Ertragungsfähigkeit des Organismus fiel Hahnemann's unbegriffene Verdünnungslehre schroff hinein, und kein Verständniss für dieselbe konnte daher erwachen. Jetzt ist freilich die Reizbarkeit der Zelle nachgewiesen, und die Maasse der Chemie sind bekannt. Auch haben die Aerzte ihre allopathischen Dosen, belehrt durch die Homöopathie, vermindert. Aber das Entsetzen und Grauen vor den Verdünnungen hält sie noch ganz so befangen, wie früher, eben weil sie die Therapie noch nicht als eine Cellular- und Atomentherapie erfasst haben und weil mit dem Studium der Zelle kein Studium der Zellenreizbarkeit sich verbindet. Nur wenn diese erkannt ist, ist auch der Arzt für die Verdünnungen gewonnen und aus den Wirkungen der Verdünnungen wird er dann die Reizbarkeit und Empfindlichkeit der Zelle und hiermit deren Lebensthätigkeit immer reichlicher und vollkommener verstehen, sowie auf die Zellen und Atome immer besser die Erscheinungen zurückführen können. Kleine Ursachen können grosse Folgen haben. Ein Funke bringt ein ganzes Pulverfass zur Explosion, und eine geringe physikalische Störung der Zelle kann bei grosser Reizbarkeit stürmische und schwere Krankheitserscheinungen veranlassen, bei geringer Reizbarkeit der Zelle hingegen ohne sehr auffallende Folgen bleiben. Alles, was die Zellen trifft, erzeugt eine physikalische Veränderung derselben. Diese Veränderung entspricht jener Ursache. Was aber weiter aus dieser Veränderung in Betreff der Thätigkeitsäusserung der Zelle folgt, das braucht mit jener Veränderung und ihrer veranlassenden Ursache in Betreff seiner Grösse nicht mehr im Gleichgewicht zu stehen, weil neue ursächliche Glieder hinzutreten, und ist bis jetzt ganz unberechenbar. Wir müssen daher die Empfänglichkeit für jeden einzelnen Stoff im Allgemeinen kennen lernen, und wir müssen in jedem einzelnen Krankheitsfalle die bestehende Reizbarkeit zu ermitteln suchen, von der Vorsicht stets geleitet, durch unpassende Eingriffe Nichts zu stören und den Erfolg nicht zu vereiteln. Nur derjenige jedoch, der von der Zelle aus die oben angegebenen Studien erledigt oder doch irgendwie fähig sich gemacht hat, die Zelle zu verstehen und auf sie und die Atome die Erscheinungen zurückzuführen, nur ein Solcher weiss klar genug, wie sehr die hohen Verdünnungen selbst am Kranken noch zu wirken vermögen, und er wird diese Wirkungen gut zu erfassen im Stande sein. Wer jene Bedingungen nicht erfüllt hat, der hat als Arzt in den Arzneisymptomen, wie sie durch die aufeinanderfolgenden Verdünnungen entstehen, allerdings gleichfalls eine sichere Stütze; aber es fehlt ihm leicht die Klarheit, die das elementare Wissen verleiht.

Die Wirksamkeit der Verdünnungen beruht aber nicht bloss auf der Reizbarkeit der Zelle, sondern sie beruht auch darauf, dass das Verdünnen die Stoffe in ihre Molecüle zerlegt und dass hierdurch, wenn auch nicht allen, doch äusserst vielen Stoffen die Möglichkeit verliehen wird, wirksam zu werden. Was auf die Atome oder auf die Theile der Zelle wirken soll, das muss zu diesen kleinsten Theilen hingelangen können und als Molecül die Molecüle berühren, wenn es nicht unwirksam bleiben und auch durch seine Masse die elementaren Gebilde nicht erdrücken und ertödten soll. Ohne die Verdünnung könnten wir keine befriedigende Cellular - und Atomentherapie ausüben und ständen der gewaltigen Reizbarkeit der Zelle und ihren kleinen und kleinsten Theilen gegenüber machtlos da. Es kann daher keine Atomen- und Cellulartherapie geben, welche die Verdünnungen verwerfen könnte, und der Weg führt somit auch in dieser Hinsicht stets durch die Homöopathie. Das ganze Verdünnungsverfahren ist übrigens nur eine weitere Ausdehnung und Vervollkommnung dessen, was bereits durch die organischen Thätigkeiten bei der inneren Einverleibung ausgeführt wird.

Wir haben gesagt, dass die Verdünnungen (und Verreibungen) die Mittel wirksamer machen. Wir wollen diesen, leicht Missverständniss erregenden, Ausdruck in folgender Weise verdeutlichen: Die Verreibungen und Verdünnungen machen es möglich, dass die Stoffe zu den erkrankten kleinsten Elementartheilen hin gelangen, diese berühren und hier ihre physikalische oder chemische Wirkung äussern können, und ferner ergeben sie in Bezug auf die Reizbarkeit der Zelle diejenige Schwächung der Mittel, durch welche diese meistens erst brauchbar werden. Die Nützlichkeit der Stoffe und ihre Anwendbarkeit wird demnach durch das Verdünnen ungemein erweitert. Da man sich jedoch nach den bestehenden Bedürfnissen im Körper richten muss, so können im homöopathischen Kurverfahren auch unverdünnte Stoffe gegeben werden, zumal der Organismus bereits eine gewisse Zerlegung der Stoffe besorgt, (und man sagt sogar von manchen Stoffen, dass sie nur in Substanz gegeben nützen). Vor allem kommt hierbei die Zellengattung in Betracht, und es werden daher die willkürlich beweglichen Muskeln, die Darmmuskeln, (unter diesen die Mastdarmmuskeln), die Gefässmuskeln, die Nervenzellen etc. in Betreff ihrer Empfänglichkeit für Verdünnungen und ihres Bedürfnisses des Urstoffs angemessen besonders zu unterscheiden sein.

Bei dem Gebrauche der Verdünnungen, sei es zu Arzneiprüfungen oder zu Kurversuchen, ist es nun sehr gut, wenn man weiss, bis zu welchem Verdünnungsgrade der Arzneistoff in der Verdünnungsflüssigkeit durch die bekannten Proceduren noch nachweisbar ist. Es giebt dies für das Urtheil immer einen guten Anhaltspunct. Der Arzt jedoch muss sich nach den specifischen Symptomen des Mittels richten. Er muss kunstgerecht diese gewinnen und sie Schritt für Schritt durch die einzelnen Verdünnungen hindurch verfolgen. Und soweit er die bekannten und als solche festgestellten Symptome von einer Verdünnung erhält, ist auch diese zuverlässig noch wirksam, wenngleich der Stoff in derselben nicht mehr nachgewiesen werden kann. Wenn die Verdünnung keine Arzneisymptome mehr ergiebt, so kann der kundige Therapeut noch aus der Heilwirkung sicher schliessen. Mit der Verdünnung beginnt sofort die Zerlegung und auch die Schwächung. Die Zerlegung findet endlich ihre Grenze, die Schwächung aber geht noch fort und kann für einzelne äusserst reizbare Individuen noch zweckmässig werden, bis schliesslich volle Wirkungslosigkeit eintritt.

Von der Wirksamkeit der 100. Verdünnung des Phosphors kann man sich unter geeigneten Verhältnissen noch gut überzeugen und sei es auch nur durch die ungünstigen Wirkungen bei sehr reizbaren Kranken entstanden nach grösseren Dosen aus dieser Verdünnung. Bei manchem anderen Mittel ist diese Erkenntniss schwerer. Sollten aber manche sehr hohe Verdünnungen und besonders die höchsten Verdünnungen als wirkungslos endlich ausgeschieden werden müssen, so ist dies nur ein Gewinn, und die für die Cellular- u. Atomentherapie unentbehrliche Verdünnnnungslehre besteht dennoch fort.

§ 14. Wirkt das in grösserer Dosis gegebene Mittel stärker?

Der Satz „Viel hilft viel" hat für die organischen Wesen und namentlich für die Cellular- und Atomentherapie keine Geltung. In Bezug auf die Ansicht, dass das stärkere Mittel stärker wirke, ist auch schon ganz richtig gesagt worden, dass das stärkere Mittel in einer gewünschten Richtung nur insofern stärker (= nützlicher, erfolgreicher) wirkt, als in dem Wirkungsobjecte keine Thätigkeit liegt, die durch die stärkere Berührung in einer anderen und für die angestrebte Wirkung nachtheiligen oder störenden Weise angeregt wird.

Was soll ich daher, nachdem ich die Gabengrösse und den Zweck der Verdünnung so eben auseinandergesetzt habe, über die Missdeutungen noch sagen, welche die grössere Wirkungsbefähigung der homöopathischen Verdünnungen erfahren hat. Es ist leider wahr, dass Hahnemann selbst diese Wirkungsbefähigung nicht richtig genug erkannt hat. Und wenn man den Ausdruck „wirksamer" nicht verdeutlicht, so kann der Unaufgeklärte auch heute noch in die Versuchung kommen, „wirksamer" für gleichbedeutend zu halten mit „stärker". Indess die richtigere Ansicht ist in der Homöopathie eingetreten, und sie ist vom Standpuncte der Atomentherapie bereits ausgesprochen, und vom Standpuncte der Cellulartherapie habe ich sie hier vorgelegt. Mit wahrhaftem Bedauern erfüllt mich daher der (von anderer Seite bereits ausführlich gerügte) Ausspruch des Herrn v. Liebig, der da in seinen chemischen Briefen (4. Bf. 1. Band etc.) bitter klagt, dass die Homöopathen noch glauben, dass „die Wirksamkeit der Arzneistoffe mit deren Verdünnung und Abnahme an wirksamem Stoffe zuzunehmen fähig sei", aber dennoch sofort aus seiner eigenen Praxis sagt: „Die Menge der phosphorsauren Erdsalze, die von den Lösungen des salpetersauren Natron und Kochsalzes aufgenommen wird, steigt nicht proportional mit dem Salzgehalt der Flüssigkeit; es scheint im Gegentheile sich im Verhältniss mehr darin aufzulösen, je verdünnter die Flüssigkeit ist"; ferner: Die Löslichkeit des Klebers in gesäuertem Wasser „nimmt nicht zu, sondern ab, wenn man die Menge der Säure in der Flüssigkeit vermehrt", — „mit der Quantität der Nahrungsmittel steigt ihre chemische Wirkung und in einem gewissen Verhältnisse den Pflanzen dargeboten kränkeln diese und sterben ab"; — „die stärkste Düngung mit phosphorsauren Erden in grobem Pulver kann in ihrer Wirkung kaum verglichen werden mit einer weit kleineren Menge in einem unendlichen Zustande der Vertheilung" etc. Also erst die Verurtheilung einer Ansicht, die Herr v. Liebig darauf in derselben Weise ausspricht, ohne irgend eine Erklärung zu geben! Nun richte der Leser. Oder sollte Herr v. Liebig, an welchen hiermit die Aufforderung ergeht, diese Ungerechtigkeit nicht lieber selbst noch gut machen wollen?

„Stark" und „schwach" sind nur relative Bezeichnungen und haben in der Cellulartherapie ohne Angabe der nöthigen Glieder keinen Sinn. Wohl muss jede Anregung der Zellen eine dem Zweck entsprechende Stärke haben. Indess bei den Zellen wissen wir ohne den Versuch dies Mass nicht zu treffen. Und eben bei der Thätigkeit der Zellen ist zu befürchten, dass ein weniger verdünntes Mittel oder die reichlichere Gabe einer Verdünnung diese Thätigkeit in nachtheiligem oder doch störendem Grade anregt. Darum müssen auch die Ernährungskuren mit Rücksicht auf die dabei getroffene oder doch betheiligte Zellenthätigkeit gemacht werden. Schwere Läsionen können geringfügige Erscheinungen und leichte Läsionen der Zellen können schwere Symptome zur Folge haben, nicht bloss je nach der Natur der primär afficirten Zelle und je nach der längst erworbenen oder in der Krankheit erst enstandenen Reizbarkeit derselben, sondern auch je nach der Beschaffenheit der secundär afficirten Gewebe. Um daher Erscheinungen zu verhüten, die man gern vermeidet, ist Behutsamkeit erforderlich, und man muss somit beim Heilversuche nicht bloss das richtige Simile, sondern auch die richtige Gabengrösse studirend in jedem einzelnen Falle zu ermitteln suchen. Die Verdünnung hat zunächst den Zweck der Stoffzerlegung. Aber sie führt endlich zur Schwächung des Mittels und ermöglicht es, ein Mittel in der kleinsten Masse und Stärke zu verabreichen. Durch die Verabreichung der relativ kleinsten Gabe aber wird bezweckt: lediglich durch Erzeugung einer unschädlichen physikalischen Veränderung in den Molecülen der Zelle dieser einen Anstoss zur Umänderung ihrer bestehenden abnormen Thätigkeit und zur Rückkehr zur Norm zu geben, auch diese Rückkehr in keiner Weise hierbei wieder zu hemmen. Das Simile trifft durch seine ähnlichen Symptome die erkrankten Zellen; durch seine Wirkungsähnlichkeit wirkt es als gleichartiger und mithin nicht störender Berührungsreiz; durch die Zerlegung in Molecüle kann es die geeignete Berührung am rechten Orte geschickt ausüben und durch die kleine Menge des Stoffes wird diese Berührung zur tauglichsten und mildesten gemacht, überdies der bestehenden Reizbarkeit angepasst und jede nachtheilige Wirkung, wie sie etwa auch durch die Aehnlichkeitswirkung bei zu grosser Gabe entstehen könnte, ausgeschlossen. Es kann daher nicht nur die kleinere Portion des Mittels bessere Heilerfolge ergeben, als die grössere Portion desselben Mittels, sondern die kleine Gabe des verdünnten Mittels gehört wesentlich, wenn auch nicht ganz ausschliesslich, zur directen Zellen-Umstimmungskur. Dies ist so sehr wahr, dass in der That mit der zunehmenden Erfahrung der einzelnen homöopathischen Aerzte deren Arzneigabe immer mehr aus den höheren Verdünnungen gewählt wird. Die zunehmende Erfahrung trifft ja auch das richtige Mittel immer besser und erkennt die leisesten Spuren seiner Wirkung immer deutlicher. Selbst Homöopathen überwinden somit auf Grund ihrer Erfahrung erst nach und nach die gleichsam angeerbte ärztliche Abneigung gegen die höheren Verdünnungen. Ueberdies lehrt auch das Studium der Zelle immer mehr erkennen, auf welchen feinen Störungen derselben die Krankheiten beruhen.

Nach dieser Darstellung kann also in den Zellenumstimmungskuren gar nicht die Frage aufgeworfen werden, ob das stärkere Mittel oder die stärkere Dosis stärker wirke. Denn es handelt sich gar nicht um die stärkere, sondern um die zweckmässigere, geschicktere und tauglichere Berührung der erkrankten Zellen durch das Simile. Es verhält sich in der Therapie und in der gesammten Arzneiwirkungslehre nicht wie in der Mechanik, die ja auch überdies ihre Maasse und Ziele hat. Bei den Zellenaffectionen kennen wir ausserdem nicht einmal die Beschaffenheit der Störung in den kleinsten Molecülen, die wir ausgleichen wollen, und können daher hier nur einen klug abzumessenden Anstoss geben. Und dies muss obendrein in einem Ganzen geschehen, in welchem wir auf viele abnorme Zustände stossen können und jedenfalls vielen reizbaren Gebilden begegnen. An der Hand der Erfahrung befreundet sich daher der Arzt mit den höheren Verdünnungen mehr und mehr; aber in jedem einzelnen Falle ist er wachsam, um die Verdünnung und die Menge fortwährend dem Zwecke entsprechend zu geben.

Gern bescheide ich mich, in die Tiefe, in die sogenannte Philosophie der Therapie noch nicht so eingedrungen zu sein, wie ich selbst wünsche, dass irgend Jemand eingedrungen sein möchte. Indess für die Zellenumstimmungskuren muss ich das Richtige getroffen haben. Bei diesen Kuren kann wohl von der Anwendung des reinen Urstoffs nicht viel und von groben Mengen desselben gar nicht die Rede sein.

Der reine Urstoff kann jedoch sonst in der Therapie seine Anwendung reichlich finden. Nur muss man die verschiedenen möglichen Kureingriffe wohl entscheiden. Wenn man z. B. sagt, Coccus cacti habe sich in der Verdünnung unwirksam erwiesen und erst als Urstoff durch seine Einwirkung auf die Harnsecretion eine Krankheit gehoben, so hat man eben keine Zellenumstimmungskur gemacht, sondern eine sogenannte Functionskur durch Einwirkung auf die Harnausscheidung.

§ 15. Verlauf der Zellenaffection, Wirkungsdauer, Erst- und Nachwirkung, Wechselwirkung, anfängliche Verschlimmerung.

Wenn eine Ursache die Zellen berührt, so ensteht eine physikalische Veränderung in den Molecülen der Zelle, und es verändert sich hierauf auch die Thätigkeit der Zelle. Die ausgeübte physikalische Veränderung kann durch die Ernährung wieder ausgeglichen werden, was schnell und auch langsam geschehen kann. Es können jedoch die zu stark ausgeübte physikalische Veränderung und die zu ungestüm angeregte Zellenthätigkeit für die Zelle selbst weitere Folgen haben. Da es indess hier an den elementaren Thatsachen fast gänzlich mangelt, so darf man sich das Verhalten der Theile in dieser Hinsicht nicht zu scharf ausmalen. Gewiss aber ist, dass die angeregte physikalische Veränderung und die durch sie veranlasste Thätigkeitsveränderung eine gewisse Dauer haben und verschieden lange bestehen können. Dies muss in Betreff der Arzneiwirkungen durch die Arzneiprüfungen erforscht werden, so wie es auch durch das Studium der Vergiftungen erkannt wird. Diese Arbeit ist schwer. Richtig leitet uns dabei allein die Zurückführung auf die primärergriffenen Gebilde und die richtige Unterscheidung der Folgen der Folgen. — Gesetzt nun, man habe sich in der Annahme der D a u e r der Arznei- und Noxenwirkungen und ihrer Folgen einem zu ungemessenen Urtheile überlassen, so ist doch ein thatsächlicher Forschungspunct berührt worden, der überdies noch lange geuug auf seine gänzliche Erledigung harren wird.

Wenn man die Erscheinungen der Zelle studirt hat, ohne sich irgend um die Homöopathie bemüht zu haben, so gelangt man zu einer Auffassungs- und Ausdrucksweise, die uns die Sprache der Homöopathie, sobald man sie nachträglich kennen lernt, als eine verwandte erscheinen lässt. Dies ist besonders der Fall in Betreff der „Nachwirkung." Es ist z. B. durch die Versuche an den Gefässen nachgewiesen, dass diese durch einen Reiz erst in Schwellung versetzt werden können und darauf in Contraction gerathen, oder umgekehrt, und es kann sich auch solcher

Wechsel der Erscheinungen sogar mehrmals wiederholen, wie das Schauspiel am Ohr des Kaninchens zeigt. Dieser Thatsache lässt sich manche Erscheinung bei den Arzneiprüfungen, sowie in Krankheiten und beim Heilen parallel stellen. Es kann nämlich der Fall sein, dass ein Mittel, durch welches ein Gefäss contrahirt werden sollte, dasselbe zuvor in eine noch grössere Schwellung versetzt und darauf erst dessen Contraction veranlasst, oder dass ein Mittel, das die abnorme Contraction eines Gefässes aufheben sollte, dasselbe zuvor zu einer noch stärkeren Contrahirung bestimmt und darauf zur Norm oder inzwischen gar noch zu einer vorübergehenden Schwellung hinführt. Und wir haben dann eine Erst- und eine Nachwirkung oder eine erste, zweite, dritte Wandlung in den Folgen einer ausgeübten Wirkung.

Indess das, was hier vorgeht, muss auch erklärt werden, und auf den Erklärungsgrund muss man dann die hierhergehörigen Erscheinungen zurückführen. Das Wort „Nachwirkung" hingegen ist zu unbestimmt. Man hat daher auch Verschiedenes unter demselben verstanden. Was man jedoch unter demselben gemeint hat, das ist — kurz gesagt — entweder ein fortdauernder Zustand nach einer Ursache, oder eine nachträglich eintretende Erscheinung besonders secundärer oder gar tertiärer Art, oder es ist die Folge einer durch das Mittel veranlassten Veränderung an der Zelle, und in letzterer Hinsicht sind verschiedene Möglichkeiten gegeben.

Wenn demnach auch das Wort „Nachwirkung" keinesweges fernerhin als ein exact wissenschaftlicher Ausdruck beibehalten werden kann, so beweist doch das Wort, wie sehr die Homöopathie in das volle Gebiet der Wirkungserscheinungen hineinführt und namentlich eine Thatsache zum Ausdrucke bringt, die sich in dieser unbestimmten Fassung am auffallendsten an den Gefässen findet. — Das ähnlich wirkende Mittel soll nun nach den Erst- und nicht nach den Nachwirkungen ausgewählt werden, und in der That entsprechen die Gefässschwellungen in hohem Grade den Erstwirkungen, hingegen die Gefässverengungen den sogenannten Nachwirkungen. Sucht man jedoch das Simillimum, so hat man die Unterscheidung von Erst- und Nachwirkung bei der Mittelwahl nicht nöthig.

Ganz mit dem Verhalten der Gefässthätigkeit stimmt auch die Lehre der Homöopathen von der Wechselwirkung der Arzneien überein. Denn ein Gefässnetz kann durch ein Mittel in dem einen Falle zur Schwellung und in einem anderen Falle zur Contrahirung veranlasst werden. Beim Prüfen z. B. der Bryonia kann somit der eine Prüfer Durchfall und der andere Verstopfung erhalten. Das Mittel nämlich kann nur die ihm zukommende und an den Molecülen mögliche physikalische oder chemische Veränderung machen. Die Thätigkeitserscheinung aber, die darauf an der Zelle eintritt, richtet sich nach deren jedesmal bestehendem Reizbarkeitszustande, nach dem sogenannten Befindenszustande der Zelle selbst. Sofern übrigens beide, einander entgegengesetzte, Arten von Folgen aus denselben Elementargebilden hervorgehen, so kann in jenen keine wesentliche Verschiedenheit obwalten.

Es ist auch eine sehr wahre Beobachtung der Homöopathie, dass das ausgewählte Simile eine Krankheit erst verschlimmern kann, bevor es dieselbe heilt. Es wird diese Beobachtung gleichfalls ganz durch die Versuche an den Gefässen bestätigt, und es dürfte diese Erscheinung auch wohl hauptsächlich nur bei den Gefässaffectionen vorkommen. Häufig bezieht sich diese Verschlimmerung nur auf die subjectiven Erscheinungen, und mag hierbei auch von den Kranken Unrichtiges mit vorgebracht werden, so geben diese doch oft nur allzutreu die reine Wahrheit kund. Selbst höhere Verdünnungen können, je nach der Beschaffenheit des Mittels und je nach der bestehenden Reizbarkeit, diese Verschlimmerung ergeben. Auf die Verschlimmerung folgt entweder bald die Heilung oder die Krankheit erscheint doch bald so gebrochen, dass sie in kurzer Zeit gut abläuft. Ist aber die Dosis allzustark, zumal bei zu geringer Verdünnung, so können nach dem passendsten Mittel selbst länger dauernde Beschwerden zurückbleiben, und es kann sogar die Kur vereitelt werden; doch ist es selbst in diesem Falle noch möglich, .dass sich schliesslich ein günstiges Resultat als die Folge des verschlimmernden Mittels behauptet. Von dieser verschlimmernden und dann heilenden Wirkung der Mittel auf den Krankheitsheerd sind die Arzneisymptome zu unterscheiden, die das eingenommene Heilmittel etwa gleichzeitig in andern Theilen des Körpers anregt. Wir haben bereits davon gesprochen, wie sehr man die im Körper liegenden Möglichkeiten und die im Mittel vorhandenen Befähigungen durch alle Vorstudien gut erkannt haben muss. Und dies ist auch nöthig, um über die verschlimmernden Wirkungen klar und richtig zu urtheilen.

Endlich muss ich in Betreff dieser Verschlimmerung die Aufmerksamkeit noch einmal auf die homöopathische Indication lenken. Nur das ähnlich wirkende Mittel kann die Elementartheile des Krankheitsheerdes direct und präcis genug treffen, um eine Verschlimmerung zus erzeugen. Nur das ähnlich wirkende Mittel kann durch sein ähnliches Wirken die Krankheit in der Weise, die sie zeigt, und in den Bahnen, in denen sie läuft, zu einer Verschlimmerung bringen. Und nur die genügende Verdünnung und Dosenverminderung kann die Verschlimmerung verhüten. Somit muss die Idee dieses Kurverfahrens, soviel auch noch zu dessen Aufklärung beigebracht werden möge, wenigstens bei den Zellenumstimmungskuren im Wesentlichen richtig sein.

Alle die hier berührten Thatsachen sind schlagende Zeugnisse davon, dass die Homöopathie eine Cellulartherapie übt, und sie fordern ebenso sehr die Homöopathen auf, den Standpunct der Cellulartherapie zu erfassen, als sie die Allopathen zwingen müssten; die Homöopathie zu studiren.

§. 16. Die Beihülfe in der Mittelwahl.

Nach den homöopathischen Arzneiprüfungen giebt es Mittel, welche solche Schmerzen erzeugen, die sich in der Ruhe verschlimmern (Pulsat., Rhus, Arnica), und es giebt Krankheitsschmerzen, die sich ebenfalls in der Ruhe verschlimmern. Jene Mittel werden daher bei diesen Schmerzen gebraucht. Dagegen giebt es Mittel (Bryonia), welche Schmerzen veranlassen, die bei der Bewegung zunehmen, und diese Mittel werden bei Krankheiten gebraucht, deren Schmerzen sich bei der Bewegung ebenfalls steigern. Dies Verfahren beruht auf vollkommen wahren Thatsachen. Wir haben hiervon schon gesprochen und angedeutet, dass diese sogenannten Nebenerscheinungen vorläufig die Species der Krankheit und der Arzneiwirkung charakterisiren. Aber wir müssen auch noch in anderer Hinsicht von diesem Studium der Beihülfen in der Mittelwahl reden. Es hat die Homöopathie mit der Berücksichtigung dieser Erscheinung, die allerdings ihrer volleren Erforschung und Begründung noch entgegensieht, einen tief greifenden Punct der Cellulartherapie berührt. Und indem der Homöopath zum Arzneiprüfen verpflichtet ist und in der That in seinem Heilen keine Fortschritte machen kann, wenn er sich nicht beständig in dem Verfolgen der Mittelwirkungen und der Mittelbeziehungen bewegt, so ist ihm die Beobachtung der hier erwähnten inhaltsvollen, sowie aller in seine Praxis fallenden und sämmtlich sehr wichtigen Erscheinungen nahe und sehr ans Herz gelegt. Man darf daher in der That von dem strebsamen Homöopathen sagen, das er sich in einem beständigen Erfahrungssammeln in Betreff seiner Mittelkenntniss, seines Simile und seines gesammten Kurverfahrens befindet. Nun habe ich das Wesen der Homöopathie oben dargelegt. Als das Wesen des homöopathischen Arztes oder des homöopathischen Denkens wird man aber jetzt das auf jedem Schritt und Tritt ausgeübte therapeutische Forschen anerkennen müssen, — ein Forschen beschränkter Art freilich, wie es dem praktischen Arzte möglich ist, jedoch ein Forschen, das ihn zur Begründung seines Handelns und somit zur selbstbewussten und selbstständigen Ausübung seines Berufes führt, und überdies ein Forschen, das ihm gerade ganz allein nur durch die Homöopathie an die Hand gegeben werden konnte.

Das hier berührte Gebiet der sogenannten „Beihülfen" hat durch die Noth der Praxis eine grosse Ausdehnung gewonnen. Doch so sehr ich auch dasselbe durchmustere und so sehr ich auch bedauere, vielem noch

Unaufgeklärten zu begegnen, so finde ich doch in dem angedeuteten Verfahren einen tiefen Sinn. Es ist das Leben der Zelle, das in Betracht kommt, und das durch die verschiedenen Ursachen, die in den begleitenden Umständen liegen, seine ererbten, seine im Laufe der Zeit erworbenen oder seine frisch entstandenen Eigenthümlichkeiten offenbar werden lässt.

§. 17. **Die Contraindication, einfache und zusammengesetzte Mittel, die Wiederholung der Gabe, das Verabreichen neuer Mittel und die Aufeinanderfolge der Arzneien hierbei, die Gegenwirkung der Mittel gegen einander, die Polychreste und die homöopathische Diät.**

Die Lehre von der „Contraindication" ist in der Allopathie ein wichtiges Kapitel, und dieses würde noch wichtiger werden, wenn man nur jene Lehre genug würdigen wollte. Die Homöopathen hingegen sagen, dass bei ihnen die Contraindication ganz wegfalle. Und dieses ist in der That in hohem Grade wahr. Es wird jedoch um so wahrer, je genauer und schärfer das homöopathische Verfahren ausgeübt und je sinniger also in demselben gedacht wird. Und wie könnte dies den Zellen und Atomen gegenüber, an denen sich die Arbeit vollzieht, und im Angesichte der gesammten Schwierigkeit der Sache anders sein? Freilich das sinnige Denken und präcise Verfahren wird im täglichen Verkehr und bei vielen Gemüthern leicht unbequem. Die Homöopathie wendet jedesmal nur ein einziges und zwar ein von ihr geprüftes Mittel gegen einen in den Geweben oder vielmehr in den Zellen eines Gewebes bestehenden krankhaften Zustand an. Sie hat die Richtigkeit dieses Verfahrens gut herausgefunden, ehe diese Richtigkeit noch klar erkannt werden konnte. Es mochte wohl weniger der bestehende Unfug mit ellenlangen Recepten, als das Verlangen, einem bestimmten Mittel den Erfolg zuzuschreiben und diesen Erfolg als einen unbestreitbaren wahrzunehmen, zunächst hierzu getrieben haben. Zum ersten Male in der Medicin konnte daher die Homöopathie den Heilerfolg der Arzneien wirklich „constatiren". Und die klare Erkenntniss dieser Heilthat war der Ausgang der gesammten Erfindung. Sie eben erfüllte mit der nöthigen Begeisterung. Die Verbindung der Mittel wird daher als unnöthig, nachtheilig, verwirrend und somit als unwissenschaftlich verworfen. Indess die Noth ist gebieterisch und die Kunst ist schwer. Gegen den Drang der Noth muss man aber ein mildes Urtheil walten lassen und jedem Arzte zugestehen, dass er sich hilft, wie er kann. Für Fälle der Noth hat man nun im homöopathischen Kuriren auch den Ausweg gefunden, die Mittel im Wechsel (d. h. unter Abwechselung in dem Einnehmen verschiedener gleichzeitiger Mittel) zu geben. Dies Verfahren kann in mannigfaltiger Weise ausgeführt werden. Um sich jedoch nicht zu verirren, bedarf es hierbei einer guten Kenntniss der Krankheiten und der Arzneiwirkungen. — Es ist gewiss, dass an derselben Zelle verschiedene Störungen haften und dass gleichzeitig im Körper Störungen verschiedner Zellengebiete aus einerlei Ursache oder aus mehreren Krankheitsursachen bestehen können. Dies Alles erschwert die Lösung der jedesmal vorliegenden Aufgabe sehr. Es konnte daher nicht ausbleiben, dass Abweichungen von jener strengen Regel der jedesmaligen Anwendung nur eines einzigen Mittels versucht wurden, zumal sich das Erfindungstalent des Arztes leicht bethätigen kann. Indess die Homöopathie hat sich als Wissenschaft durch alle störenden Bestrebungen ihrer eignen Anhänger glücklich hindurch gewunden, und es ist durchaus nothwendig, dass sie bei der Strenge ihres Verfahrens beharrt und sich in keinerlei Usus einlässt, der keinen Fortschritt bekundet und der nicht aus dem Kern der Sache, sondern nur aus einem erfahrungsarmen und bequemen Theoretisiren und Ersinnen entspringt und ihre Errungenschaften gefährdet. Was in der That auch am Scheidewege zwischen Tod und Leben noch möglich ist, das wird am sichersten durch behutsames Vorangehen nach der einmal erkannten Richtschnur noch erreicht.

Dies ist das Resultat meiner Untersuchungen über die Homöopathie. Diese Therapie soll als directes inneres Kurverfahren bleiben, wie sie aus dem Simile hervorgeht; wohl aber soll sie ihre Thatsachen durch physiologische Forschungen ergründen und erklären lassen, und die Fortschritte, die hiernach sich ergeben, soll sie annehmen.

Die Homöopathie lässt die einzelne Gabe „auswirken", d. h. sie lässt die Folgen der durch das Mittel ausgeübten Wirkung erst möglichst ablaufen, ehe sie eine neue Gabe verabreicht, sofern sie durch die Krankheitserscheinungen hieran nicht verhindert wird. Und hieran wird sie durch die Krankheit nicht verhindert werden, wenn die Wahl des Mittels eine richtige und eine glückliche ist. In der That, auch dies Verfahren entspricht ganz dem Verhalten der Zelle. Je reizbarer diese ist, um so mehr kann ein allzuschnell nachfolgender zweiter Heilimpuls die wohlthätigen Folgen des ersten wieder aufheben, so dass die begonnene Besserung stillsteht oder gar in Verschlimmerung übergeht. Auch können die gereizten Zellen in der Nachbarschaft des Krankheitsheerdes oder in den secundär afficirten Organen durch die Häufung der Gaben nachtheilig berührt werden. Ich finde daher die Behauptung der Homöopathen, dass „schnelle Wiederholung die Heilwirkung bis auf einen gewissen Grad steigert, diese aber dann fällt, und dass eine zu schnelle Wiederholung eben so leicht, als die ohne erhebliche Ursache geschehende Verabfolgung neuer Mittel die Heilwirkung der früheren Gabe wieder aufhebt“, — ich finde diese Behauptung ganz aus dem Boden der Thatsachen entsprungen. Richtige Zellenthätigkeits-Umstimmungskuren erfordern wenigstens bei den reizbareren Zellengebilden keinen grossen und keinen öfteren Reiz. Dagegen die functionellen Kuren mittelst der Se- und Excretionen erfordern angemessene energische Eingriffe. Ich habe als zuverlässig wahr gefunden, dass der Homöopath, je erfahrener er ist, um so mehr die massiven Gaben meidet und um so mehr kleine Gaben und diese selten giebt, und dass seine Kuren dann die besseren sind. Es können auch wirklich durch eine einzige Gabe des geeigneten Mittels Krankheiten geheilt werden, und man muss jedem Arzte Glück wünschen, der diese übrigens gar nicht seltene Beobachtung macht. Ganz begründet und sehr wahr ist auch die Lehre, in den chronischen Krankheiten namentlich die Gaben selten zu verabreichen.

Man giebt ein anderes Mittel, wenn das bereits gegebene Mittel sich gar nicht oder nicht genug entsprechend erweist, oder die Krankheit sich geändert hat. Man soll jedoch nicht zu schnell an dem gewählten Mittel verzweifeln, namentlich nicht, bevor man verschiedene Verdünnungen desselben versucht hat. Wer auch eine gründliche Wahl vollzogen hat, lässt sich durch die Erscheinungen nicht leicht ängstigen und sich nicht allzuschnell zu einem neuen Mittel drängen. Bei dessen Wahl ist zu beachten, dass das erste Mittel irgend wie noch im Körper haften kann, dass die physikalische Veränderung, die es veranlasste, auf dem Wege der Ernährung etwa noch nicht ganz gehoben ist, dass die von dem Mittel angeregte Zellenthätigkeit noch nicht ihren vollen Ablauf gefunden hat und dass viele Mittel, wie sie in Substanz als Gegengifte chemisch aufeinander zu wirken vermögen, so auch in ihren Zellenwirkungen bald freundlich, bald feindlich zu einander gerichtet sein können. Man lehrt daher, dass ein Mittel auf Grund der „Verwandtschaft“ in verschiedenem Grade passe, um als zweites einem ersten nachgesendet zu werden, und es passe z. B. Aconit nach Sulphur, Hepar nach Zink etc. Wohl ist diese Lehre schwer zu begründen. Indess ich muss sie in jeder Hinsicht für beachtenswerth halten.

Wir reihen an die Lehre von der Aufeinanderfolge der Mittel in einer Kur die interessante und leichter zu erkennende Thatsache an, dass die Arzneien ihre an denselben ausgeübten Erregungen gegenseitig aufzuheben vermögen, wie z. B. Chamomilla und Pulsatilla. Diese Thatsache ist schon aus den allopathischen Vergiftungskuren keine fremde mehr. Indess erst die Homöopathie hat dieselbe zur volleren Kenntniss gebracht und das antidotarische Verhältniss der Arzneimittel mit grossem Vortheil verwerthet, sowohl bei den acuten als bei den chronischen unerwünschten Folgen der Kuren.

Gewissenhaft habe ich die orthodoxe und die laxere Richtung der

Homöopathie verglichen, und ich muss dem orthodoxeren Verfahren den Vorzug geben. Es wird daher auch nicht befremden, dass ich der strengeren Diät in der Homöopathie das Wort rede, obwohl die homöopathisch verordneten Mittel auch ohne genaue Befolgung der strengen Diät wirken können. Wer irgend die Wirkung des Kaffees, Thees, Weingeistes, Essigs, Kochsalzes etc. im physiologischen Versuche erkannt hat, der muss über die Gestattung einer nicht strengen Diät wahrhaft erstaunen. Eine strenge Diät in der Vermeidung nachtheiliger oder doch die Wirkung der Heilstoffe störender Nahrungs- und Genussmittel ist aber von der angemessenen oder selbst guten Ernährung der Kranken wohl zu unterscheiden.

Es ist eine sehr beachtenswerthe Erscheinung, dass sich mit einer kleinen Zahl von Arzneien eine grosse Zahl von Krankeiten heilen lässt. Die Homöopathie hat sogar eine bescheidene Reihe viel gebrauchter Mittel fixirt und sie daher Polychreste genannt, wie Chamom., Pulsat., Bellad., Bryon., Nux vom. etc. Und gewiss giebt es viele Ursachen, welche in den Zellen und Atomen eine Störung veranlassen. Aber es scheint nicht wahrscheinlich, dass die daraus hervorgehenden Störungen der elementaren Theile sehr zahlreicher Art sein können. Vielmehr dürften sich diese in wenige Typen zusammenfassen lassen. Sollte dies richtig sein, so begreift es sich, warum mit einer kleinen Zahl von Mitteln, welche direct die erkrankten Elementartheile angreifen, sich eine so grosse Zahl von Krankheiten behandeln lässt. Somit sind vielleicht zahlreiche Mittel unnöthig? Es könnte sein, sofern die Kur richtig und umsichtig gehandhabt wird und der Kranke angemessen sich verhält. Indess der Mensch ist ein entdeckendes und findendes Wesen, und durch sein Entdecken und Finden wird die Welt zu seiner Kenntniss gebracht. Seinem Drange in die Breite mag ich daher keine Grenze setzen. Und sein Entdecken und Finden mag dann auch ergeben, bis zu welchem Grade es für alle Krankheiten auch Mittel giebt.

§ 17. Die chronischen Krankheiten.

Alle Stoffe, welche die Gewebe berühren, werden umsomehr an denselben haften, je vollkommener sie in die Mischung der Zellen eingehen. Alles ferner, was die Reizbarkeit der Zelle beeinflusst, muss um so mehr bleibende Reizungsstörungen veranlassen, je weniger der erlittene Eindruck wieder ausgeglichen wird. Und nicht blos mechanische und chemische Ursachen, sondern auch Nerveneinflüsse, und durch letztere die geistigen Erregungen selbst, gelangen bis zu den Zellen. Die Zelle kann bildlich als Stellvertreter des ganzen Menschen gedacht werden. Was an dem Menschen haftet, das haftet an den Zellen. Und es ist unaussprechbar, was Alles haften kann. Seit Jahrhunderten sind uns von unseren Voreltern Zustände der Atome und der Zellen überliefert worden und hiermit auch krankhafte Beanlagungen und schlummernde Zustände. Wie ein „Gedächtniss" bewahren die elementaren Gebilde Alles auf. Und immer wieder kommen physikalische Störungen zu den bestehenden und neue Reizungen kommen zu den alten und zu den Folgen derselben hinzu. Unter solchen Umständen ist oder wird der Mensch ein unheilvoller Heerd von chronischen Krankheiten oder doch Krankheitsanlagen. Und sehr wahr ist es, dass „die acuten Krankheiten auf den Schienen der chronischen verlaufen," um endlich oder gar zu häufig wieder als chronische Zustände fortzubestehen. Namen fassen diese Zustände und ihre Folgen nicht mehr. Und andere Fassungen müssen wir versuchen, als die Wörter „Psora," „Sycosis," „Leukæmie" ermöglichen. Wir erblicken daher in den chronischen Krankheiten und in den Siechthümern oder dyskratischen und constitutionellen Affectionen Folgezustände haftender Störungen in einer Gestalt, wie diese Folgen bei der gegebenen Beschaffenheit der Thätigkeit und der Mischung der Gewebe entstehen müssen, von der Zukunft eine bessere begriffliche Verarbeitung der Symptome erwartend. Hahnemann's Klage über die Kur der chronischen Krankheiten ist diesem Kenner durch die ungerechtesten Angriffe bitter vergolten worden. Und doch hat er nur die Wahrheit gesagt, und er hat sie zum ersten Male ausgesprochen. Aber nicht nur dies, sondern er hat auch am sinnigsten und richtigsten die chronischen Krankheiten behandelt.

Was aus dem Körper Nachtheiliges entfernt werden muss, das muss durch chemisch auflösende Mittel unter Benutzung der Organfunctionen entfernt werden. Und die hierher gehörenden Kuren sind chemische und functionelle behufs der Reinigung der Mischung. Sie bewegen sich gleichfalls in den Molecülen, aber sie sind Kuren, welche nachtheilige Ursachen aus dem Körper schaffen und eine directe Umänderung der erkrankten Thätigkeit der Elementargebilde nicht anstreben. Man muss jedoch wohl erwägen, dass Nichts ins Blut gelangen kann, ohne gleichfalls auf die Thätigkeit der Elementarzellen zu wirken. Man wird daher diese Kuren der organischen Mischung mit Rücksicht hierauf anzustellen und sie dabei auch so unschädlich als möglich einzurichten haben. Ist durch diese Kuren der Körper genügend vorbereitet, so muss durch die geeigneten Mittel die etwa nöthige Stoffersatzkur eingeleitet werden. Und ist auch dies geschehen, so kommen die Zellenerregungsmittel an die Reihe, um nach Möglichkeit die bestehende Zellenreizung auszugleichen.

Was die Homöopathie durch Stoffersatzkuren und was sie durch Umstimmung der Zellenreizung in den chronischen Krankheiten geleistet hat, das muss von den dürftigen Theorien, die als Lehre von den

„Siechthümern" aufgebaut worden sind, abgetrennt werden. Jenes
wird als wahre Errungenschaft segensreich fortwirken. Die Kenntniss
der haftenden und durch Forterbung sich fortpflanzenden, sowie durch
das diätetische und moralische Verhalten im Individuum sich fortschleppenden
Elementaraffectionen ist zum klaren Urtheil des Arztes unerlässlich,
für das Kurverfahren jedoch ist auf dem Standpuncte der Cellular-
und Atomentherapie der Unterschied des Chronischen und des Acuten im
Wesentlichen nur ein nebensächlicher.

§ 19. Die Atom-Kuren.

Alle unsere Eingriffe beim Heilen bewegen sich in den Molecülen,
in den kleinsten Theilchen des Körpers. Wir können nicht auf die
Zellen wirken, ohne diese in ihren Atomen zu berühren, und diese Berührung ist sogar das Mittel, um die Thätigkeit der Zelle umzuändern.
Jedoch selbstbewusste Corrigirungen des Atomverhältnisses können wir
bis jetzt nur in der Gestalt der sogenannten Stoffersatz-Kuren machen.
Chemische Kuren behufs des Stoffersatzes machte man schon längst roh
empirisch. Vom Standpuncte seiner Theorie gerieth aber Hahnemann
auch auf diese Kuren, ohne sie als solche zu erkennen. Und er hat
nicht nur, was in der That äusserst interessant ist, alle die Stoffe, die
sich an dem Aufbaue der Zellen und Gewebe chemisch betheiligen, in
den Kreis seiner Arzneiprüfungen gezogen, sondern er hat auch mittelst
dieser Stoffe wundervolle Ernährungskuren gemacht, die alle früheren und
sogar alle späteren Leistungen übertreffen. Mittelst seiner kleinen Gaben
mussten diese Kuren ihm gelingen. Lange darauf hat dann die Chemie
das Atomverhältniss der Gewebe und der nährenden Bestandtheile der
Nahrungsmittel gegeben. Hiermit haben diese Kuren ein thatsächliches
und klares Ziel erhalten. In der bisherigen homöopathischen Ausführung
dieser Stoffersatzkuren hat sich jedoch wesentlich nichts geändert. Denn
die chemischen Stoffersatzmittel sind auch gleichzeitig Mittel, welche die
Zellen durch die an denselben veranlassten physikalischen Veränderungen,
in ihrer Thätigkeit beeinflussen. Und während Calcarea das
Fehlende ersetzt, kann dieses Mittel nicht bloss in Folge der von ihm
herbeigeführten besseren Ernährung und schliesslich der überreichlichen
Ernährung, sondern auch durch feindliche Beziehungen anderer Art zu
den physikalischen Elementen der verschiedenen Zellen neue Erscheinungen,
und zwar sogar störender Art, veranlassen. Somit müssen alle Stoffersatzmittel auch als Zellenreizungsmittel studirt und die Stoffersatzkuren
müssen gleichzeitig vom Standpuncte der Zellenumstimmungskuren gehandhabt werden, und sei es auch nur, um nachtheilige Folgen dabei zu
verhüten. Dies nun ist in der Homöopathie geschehen und zwar dadurch,
dass diese Mittel nach dem Simile und in kleinen Gaben angewandt

wurden. Calcarea phosphorica ist z. B. bei Gehirnwassersucht der Kinder aus Ernährungsmangel ein vortreffliches Mittel. Wird aber dieser Kalk in grösseren Gaben angewandt oder zu lange fortgebraucht, so steht die Heilung still oder geht gar wieder zurück. Diese nachtheilige Wirkung entspringt dann aus feindlicher Anregung der Gefässthätigkeit durch das Uebermass des Mittels. Und eine ganz ähnliche Erscheinung lässt sich auch bei blossen Erkältungs-Gefässreizungen des Gehirns der Kinder von der Anwendung des Phosphors wahrnehmen, der hier nur eine Zellen-umstimmungswirkung ausüben dürfte.

§ 20. Schluss.

Ich habe nun in dem Vorliegenden die Lehren der Homöopathie ausgeführt und in den allgemeinsten Umrissen dieses therapeutische Verfahren dargelegt. Hiermit glaube ich, das Wesen der Homöopathie erörtert und in überzeugender Weise dasselbe aufgehellt zu haben. Diese Darlegung war nicht möglich, ohne dass ich dabei eine Theorie aufstellte. Und die Zelle existirt nun einmal. So lange man mithin in der Pathologie und Therapie nicht von der Zelle in ihren Molecülen und Atomen ausgeht, entbehrt das pathologische und therapeutische Wissen und Handeln des Fundaments, auf welchem die ganze organische Thätigkeit beruht. Die aufgestellte Theorie kann daher keine unrichtige sein. Durch die Zellen- und Atomentherapie ist die Homöopathie in die physiologischen Wissenschaften aufgenommen. In dem Masse, als das Studium von der Zelle, und zwar nicht nur von der Anatomie, sondern auch von den Lebenserscheinungen derselben, ausgegangen ist, wird der Uebergang zur Homöopathie oder directen und specifischen Cellular- und Atomentherapie sich leicht verwirklichen lassen und sogar ein nothwendiger sein. Vor Allem wünsche ich dann, dass alle Aerzte jede einzelne Klasse der homöopathischen Thatsachen kennen lernen und beobachtend diese Thatsachen selbst gewinnen, allerdings mit dem Geistesschwunge, der uns eine erkannte Wahrheit auch begeisterungsvoll ergreifen lässt.

Durch einen klaren Erkenntnissblick gelangte Hahnemann auf die bereits vor ihm nicht ganz unbekannte Thatsache, dass Verwandtwirkendes die Folgen eines Verwandtwirkenden beseitigt. Er hielt sich hierbei an die sogenannte „Lebenskraft." Und was er fand, das Alles lässt sich an dem Leben der Zelle wiederfinden oder doch auf diese zurückführen. Eine inhaltsvolle Wahrheit wurde somit schon vor der Entdeckung der Zelle berührt. An der Hand dieser Auffassung schritt die Homöopathie voran, und sie musste somit auf dem richtigen Pfade bleiben. Die Berührung der „Lebenskraft" — jetzt der Zelle in ihren Atomen — machte es! Dies war der Ausgang und der Fortgang. Hahnemann erkannte die Symptome einer Krankheit und Symptome einer Arznei. Er fand beide ähnlich. Somit mussten sie demselben Sitze angehören. Durch dieses Mittel heilte er nun jene Krankheit. Somit traf er direct die erkrankte Gewebsstelle in ihren Elementartheilen und vollzog das directe Kurverfahren zum ersten Male in einer Weise, wie es vor ihm nicht geschehen war. Er wurde dadurch der wahre Entdecker des rechten Weges und Ganges zu den von aussen nicht zugänglichen erkrankten Gebilden und der wissenschaftliche Erfinder und Begründer des directen Kurverfahrens. Hahnemann suchte demnach fortan das Simile und das Simillimum. Doch glaubte er noch zu seiner Zeit, dadurch die Svmptome zu „decken," so wissen wir jetzt, dass er die kranke Stelle bloss um so präciser treffen konnte, je ähnlicher das Mittel wirkt, und dass er ferner mit solchem Mittel eine der bestehenden Reizung gleichförmige und desshalb der Species nach nicht neue oder feindliche und, indem er das Mittel verdünnte, obendrein milde Berührung der erkrankten Elementargebilde ausübte.

Mit dieser Lösung des Räthsels der Hahnemann'schen Entdeckung und Erfindung aber ist dessen Kurverfahren zur Cellular- und Atomentherapie geworden. Und weder vor noch nach Hahnemann hat es bis jetzt eine Theorie der Therapie gegeben, welche der Hahnemann'schen Aufstellung auch nur im Mindesten nahe zu kommen vermöchte; vielleicht ist sogar nicht einmal eine andere Theorie möglich. Was aber nicht minder wichtig ist, das ist der grosse Erfolg, welcher diesem Kurverfahren zur Seite steht. Nun, möge auch noch so viel Einzelnes in der Homöopathie fallen: — der Kern, das Wesen der Sache besteht fort. Und unbeirrt und unbesorgt können die Homöopathen ihre Lehre der tiefsten und genialsten Forschung unterwerfen, um sie immer wieder siegreich und geläuterter und aufgeklärter aus der wahren wissenschaftlichen Kritik hervorgehen zu sehen. Mit dem Wesen der Homöopathie bleibt sogar das Vielen so unangenehme Simile bestehen. Denn das Mittel macht nicht die Symptome, sondern das von dem Mittel getroffene Elementargebilde bringt die Symptome hervor, und das Simile ist mithin dasjenige Mittel, welches mit der Krankheitsursache ein und dieselben Elementartheile berührt.

Nun glaube ich meine Schuldigkeit gethan zu haben. Mögen meine Leser jetzt auch die ihrige thun. Mögen sie sich frei vom traditionellen Wahne machen und von den Worten der Lehrer, die in dem Kurverfahren vergangener Zeiten ausschliesslich sie befangen halten wollen, und mögen sie die Thatsache und die Bedeutung des directen Kurverfahrens erkennen, das die erkrankten Elementargebilde selbst berühren will. Es giebt arge Ungerechtigkeiten. Rademacher hatte die Kühnheit, Hahnemann's Lehre zu verunstalten und in der leichtfertigsten

Weise abzukürzen. Dennoch hat man dem Handwerksschema jenes Arztes Beifall geklatscht und es schliesslich zu Grabe getragen. Gegen die Homöopathie hingegen wurde Verachtung und Wuth gespieen, und sie lebt trotz alledem fort. Ich habe gezeigt, dass die Homöopathie auf denjenigen Elementartheilen beruht, auf denen das ganze Wissen vom menschlichen und von jedem Organismus sich aufbaut, — ich habe die Zellen und Atome als Zeugen für die Wahrheit und gegen die bisherigen Ansichten in diesem Gebiete vorgeführt. Sollten diese Zeugen, d. h. die Begriffe der Elementartheile, nicht vermögen, den aufmerksamen Beobachter und selbstständigen Beurtheiler zur Erkenntniss der Wahrheit zu bringen, so können nur noch psychologische Hindernisse obwalten, die wir nöthigenfalls zu ihrer Zeit dann besprechen wollen. Denn allerdings ist eine kurze und bündige Einführung des Arztes in das Wesen der Homöopathie, wie ich sie hier nach meinen Kräften versucht habe, unerlässlich. Aber es ist auch nothwendig, den Arzt dahin zu bringen, selbstthätig forschend und sich in seinem eigenen Berufe zu vertiefen. Und gelingt es, die Aerzte hierzu aufzurütteln und zu bewegen, — so schwer auch dies noch sein möge, zumal es durch den Unterricht verhindert wird, — so ist der Arzt bereits halb gewonnen. Denn durch die eigene Vertiefung in seinem Fache muss er auf alles das auch selbst gelangen, was seine original denkenden Vorgänger bereits gefunden haben, und entdeckend und erfindend kann und wird er dann deren Entdeckungen und Erfindungen selbstständig wiederholen und sie vermehren und vervollkommnen.

Dr. Willmar Schwabe's Etablissement

in Leipzig

(Homöopathische Centralhalle)

Homöopathische Apotheke „zum Samuel Hahnemann"; Homöopathisch-klinisches Institut; Verlags-, Sortiments- und Antiquariatshandlung homöopathischer Werke

empfiehlt den Herren Aerzten die in der Homöopathie üblichen pharmaceutischen Präparate — Essenzen, Tincturen, Dilutionen und Triturationen — welche von uns selbst nach den Vorschriften Hahnemann's und der Arznei-prüfer angefertigt werden, sowohl in einzelnen Flaschen, als auch in der Form von

Reise- und Taschen-Apotheken

und

Dispensatorien

zu den billigsten Preisen. Spezielle illustrirte Preislisten versenden wir auf bezügliche Anfragen gratis und franco.

In unserem Verlage erscheint und ist sowohl durch jede solide Buchhandlung als auch direct zu beziehen:

Internationale Homöopathische Presse.

Verantwortlicher Oberredacteur:

Dr. med. Clotar Müller in Leipzig.

Fachredacteure:

Pathologie und Therapie: Med.-Rath Dr. Bähr, Dr. med. Kafka, Sanitäts-Rath Dr. Stens. — **Arzneimittellehre:** Dr. med. Gerstel, Dr. med. Cl. Müller, Dr. med. W. Sorge. — **Physiologische Medicin:** Dr. med. Carl Heinigke. — **Ophthalmiatrik und Otiatrik:** Dr. med. Payr. — **Differentielle Mitteldiagnostik:** Dr. med. H. Goullon. — **Epidemiologie und Hygieine:** Dr. med. Fischer und Prof. Dr. Rapp. — **Chirurgie:** Sanitäts-rath Dr. A. Mayländer. — **Geburtshülfe:** Dr. med. Löscher. **Medicinische Logik:** Prof. Dr. Hoppe.

Correspondirende Redacteure:

DDr. med. v. Balogh in Pest; Bojanus in Moskau; Bruckner in Basel; Held in Rom; v. Kaczkowsky in Lemberg; Liedbeck in Stockholm; Schädler in Bern; S. Hahnemann in London; Siemsen in Copenhagen; Tietze in Philadelphia; Verwey in Haag.

Allmonatlich ein Heft von 4 Bogen gr. 8⁰. Halbjährlicher Abonnementspreis 2 Thlr. Preis eines Heftes 10 Groschen.

Der Standpunct, den die „Presse" unter den übrigen medicinischen Zeitschriften einnimmt, ist ein vorurtheilsfrei vermittelnder, indem sie einerseits die Verschmelzung der aus den Forschungen der pathologischen Anatomie, speciell der physiologischen Medicin sich ergebenden Resultate mit dem Systeme Hahnemann's als nothwendige Bedingung anerkennt, auf der anderen Seite aber die Vortheile demonstrirt, welche aus der Anwendung der homöopathischen Heil=methode in den verschiedensten Krankheitsformen erwachsen.

Pharmacopoea homoeopathica polyglottica.

Bearbeitet und herausgegeben

von

Dr. Willmar Schwabe,

Besitzer der Hahnemann-Apotheke in Leipzig.

For english practice elaborated

by

S. Hahnemann, M. Dr.

London.

Redigé pour la France

par

le docteur Alphonse Noack,

Lyon.

Elegant gebunden 2 Thlr.

Die in der Homöopathie zur Verwendung kommenden Arzneimittel sind zwar im Wesentlichen keine anderen, als die in den übrigen Heilmethoden gebräuchlichen; wohl aber ist die Art ihrer Zubereitung sowohl, wie ihre Ueberführung in die molecular verfeinerte Form gewissen Grundsätzen unterworfen, welche dieses Werk für Aerzte und Pharmaceuten, die sich mit der Arzneibereitung zu homöopathischen Zwecken befassen, unentbehrlich machen, insofern als das betreffende Mittel in derselben Qualität hergestellt, nach denselben Regeln bereitet werden muss, wie es zu den physiologischen Arzneiprüfungen verwandt wurde, wenn die Resultate in der Praxis erfolgreiche sein sollen.

Populäre Zeitschrift für Homöopathie.

Herausgegeben

von

Dr. Willmar Schwabe

in Leipzig.

Dritter Jahrgang.

Jährlich 12 Nummern von 1—2 Bogen 4°. Preis beim Bezug durch die Post und den Buchhandel 20 Gr.; bei directer Zusendung 24 Gr.

Diese Zeitschrift hat sich die Aufgabe gestellt, die Laienkreise über Homöopathie zu belehren und durch sachgemässe Artikel über das Wesen dieser Heilmethode aufzuklären, sowie durch Mittheilungen aus der Diätetik und Gesundheitslehre auf das Volkswohl fördernd einzuwirken.

Druck von Julius Klinkhardt in Leipzig.